KB124790

작가특님 ● 뭐라고? 마감하느라 안 들렸어 ○ 도대체

* 이 도서의 국립중앙도서관 출판예정도서목록(CIP)은 서지정보유통지원시스템
  홈페이지(http://seoji.nl.go.kr)와 국가자료공동목록시스템(http://www.nl.go.kr/korisnet)에서
  이용하실 수 있습니다. (CIP제어번호: CIP2019037352)

뭐라고? 마감하느라

안 들렸어

은행나무

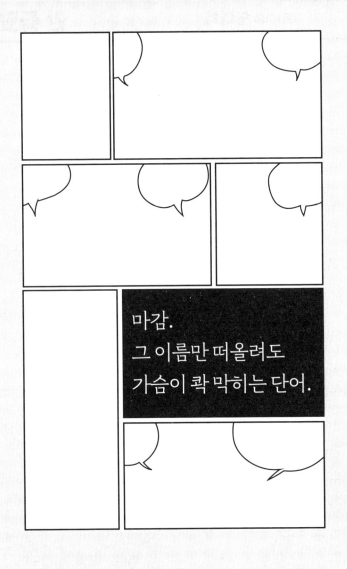

마감.
그 이름만 떠올려도
가슴이 콱 막히는 단어.

세상의 모든 마감 노동자와 담당자들
그리고 독자들에게 이 책을 바칩니다.

목차

1부
구슬이 서 말이어도 마감이 닥쳐야 꿸니다

2부
할 수 있는 것을 할 수 있는 만큼 합니다

구슬이 서 말이라도
마감이 닥쳐야 뀁니다

왜 늦어?

　　이 책을 쓰고 있는 2019년 여름, 저는 세 개의 만화를 연재하고 있습니다. 네이버 동물공감판에 매주〈태수는 도련님〉이란 만화를, 경향신문 토요판에〈그럴수록 산책〉이란 만화를 연재하고 있죠. 그리고 어느 회사의 사내 소식지에 연재하는 만화가 하나 더 있습니다. 사실 이것만으로도 이미 벅찬 일정입니다. 연재물이 아닌 다른 작업도 하고 있죠. 다른 작가들의 책에 삽화를 그리거나, 이모티콘 작업을 진행하고 있기도 합니다. 이렇게 단행본도 쓰고 있고요. 몇 달 전까지는 여기에 더해 팟캐스트 하나를 주간 연재했고, 격주로 에세이도 연재했죠. 지금 생각하면 그 일들을 어떻게 동시에 해냈는지 모르겠습니다. 그 모든 일이 겹친 기간이 반년 정도였는데, 계속 그 상태를 유지했다면 사달이 나도 단단히 났을 것 같습니다.

여하간 연재 이야기를 해보려 합니다. 저는 이전에 몇 곳의 매체에 만화와 에세이를 연재한 적이 있지만, 월간과 격주 연재가 대부분이었답니다. 주간 연재도 시도한 적이 있었지만 그것들은 연재 기간이 워낙 짧았기에 '연재'였다고 하기에는 민망한 구석이 있습니다. 그렇기에 지금 그리고 있는 〈태수는 도련님〉과 〈그럴수록 산책〉이 본격적인 첫 주간 연재인 셈입니다.

예전에는 매주 연재일마다 지각하는 웹툰 작가들을 보며 생각했습니다. '어차피 연재하는 건데 왜 매주 지각을 하지? 나라면 세이브 원고를 많이 만들어놓겠다. 다 그려놓진 않아도 콘티 정도는 그려놓을 수 있잖아? 콘티까진 아니래도 아이디어만이라도 구상해놓을 수 있을 텐데. 저렇게 매번 허덕이다니, 쯧쯧…….'

그러나 주간 연재를 시작한 후에 그런 생각은 쑥 들어갔습니다. 매주 마감을 해야 한다는 건 너무나 어려운 일이더군요…….

심판의 날

계획대로 되지 않아

일을 받을 때는 이렇게 생각합니다.

'주 단위 연재가 세 개. 하루에 하나씩 처리하면 일주일 중 나흘이 남는다. 그때 격주 연재와 월 단위 연재 작업을 하고 남는 시간에는 쉬면 되지.'

그러나 그렇게 되지 않습니다. 그것은 매우 큰 착각이죠. 일단 하루에 하나씩 처리한다는 것부터가 오만입니다. 소재를 떠올리는 것에만 하루 이상이 걸리니까요. 게다가 살다 보면 온갖 의외의 변수가 생기기 마련입니다. 빡빡한 일정으로 일을 받았다가는 잠을 줄이게 되고, 잠을 줄이면 능률이 오르지 않아 일하는 데 평소보다 더 많은 시간이 들고, 더 많은 시간을 썼으니 다른 일을 할 시간이 줄어들어 잠을 줄여야 하는 악순환이 일어납니다.

연휴가 포함된 시기에 일정 약속을 잡는다면 특히 더 조심해야 합니다. '연휴가 5일이나 되니 그때 몰아서 하면 되겠군' 같은 생각을 하며 "연휴 끝나고 다 드릴게요!" 같은 말을 섣불리 하면 정말이지 큰코 다칩니다. 연휴가 5일인 게 무슨 소용인가요? 별거 안 해도 누워 있다 보면 금방 사라지는 게 연휴입니다.

어느 금요일 오후에도 저는 담당자에게 호기롭게 말했습니다.

"주말 동안 작업해서 월요일에 드릴게요!"

당시 저의 머릿속에 있던 생각은 이랬습니다: 주말은 엄청난 시간이지. 무엇이든 할 수 있는 시간이다. 거저 주어지는 이틀 간의 보너스라고. 나는 그 시간 동안 무엇이든 해낼 수 있다!

그리고 토요일이 순식간에 사라졌고
일요일도 마찬가지였습니다.

계획 맞아?

토요일+일요일에 큰 덩어리 일을
해야 하니까, 금요일인 오늘 하루
그 일이 아닌 나머지 다른 일들
세 가지를 모두 해치워 놓자!

좋았어!
완벽한 계획이야!!

... 그런데 이런 걸
계획이라고 해도
되는 걸까?

할 수
있나?

그냥
소원이
아닐까??

··· 라는 마음의 소리는 필사적으로 외면 중.

연재물의 명암

　　연재물의 명암은 분명합니다. 규칙적인 돈벌이를 보장한다는 것이 밝은 면이고, 늘 일정에 쫓기는 신세가 된다는 것이 어두운 면이죠.

　　규칙적인 수입이 있다는 것은 중요한 일입니다. 수입 없이 지내다가, 프리랜서 일을 시작하든 직장을 다니기 시작하든 고정 수입이 생기기 시작하면서 생기가 도는 사람들을 저는 몇이나 보았습니다. 많든 적든 고정 수입이 있다는 건 다음 달을 계획할 수 있다는 얘기입니다. 삶에 계획이라는 게 생길 수 있는 것이죠. 다음 주에 친구들과 만나 저녁 식사할 약속을 부담 없이 잡을 수 있는 것입니다. 다다음 달의 여행 계획을 세울 수 있는 것입니다. 고정 수입이 없는 상황에서는 그런 계획을 세우기 어렵습니다. 당장 다음 달 수입이 어떻게 될지 모르는 상태에서 다다음 달의 계획을 미리 세울 수는 없으니까요. 그러니 아주 적은 금액이어도 고정 수입이 생기는 것은 좋은 일입니다.

그러나 매주 반드시 내놓아야 할 일이 있다는 것은 몹시 부담스러운 일입니다. 저는 원고료가 비싼 작가가 아니기에 연재 하나만 해서는 생활이 불가능합니다. 여러 곳에 연재해야 간신히 생계가 가능해집니다.

그러다 보니 언제부턴가 일이 끝이 없다는 기분이 듭니다. 늘 마감이 있는 상태여서 마감이 끝났다는 느낌이 없어진 것이죠. 휴식 시간을 따로 챙기지 않으면 마음 편히 쉴 수가 없습니다. 프리랜서의 퇴근 시간은 자기가 알아서 챙겨야 합니다. '일하는 게 어렵지, 쉬는 게 뭐가 어렵나?'라는 생각이 들 수도 있겠지만, 쉬는 것은 어렵습니다. 표면적으로 쉬는 것처럼 보인대도 머리가 쉬지 않는 한 진짜 쉬는 것이 아닙니다. 분명히 미드를 보면서 낄낄거리고 있지만, 마음속은 지옥인 상황을 쉬고 있다고 할 수는 없으니까요. 그냥 '일을 피하고 있는 것'일 뿐이지요.

친구들이 이렇게 물을 때가 있습니다.

"우리 만나야지? 너 마감 끝나면 보자. 언제 끝나?"

편의상 '언제 끝난다'고 대답은 하지만, 사실 정확한 답은 아닙니다. 마감은 끝이 없기 때문입니다.

연재를 여러 개 하면서 늘 빚진 기분을 느끼는 사람이 되고 말았습니다. 마감 하나를 끝내도 다른 마감이 기다리고 있죠. 그 마감을 끝내도 후련하지만은 않습니다. 그다음 마감이 있으니까요. 그러니 친구들과 만난다거나 어딜 놀러 간다거나 하는 개인 일정은 알아서 챙겨야 합니다. 한참 여러 일이 많이 겹쳤을 때, 연이은 마감으로 마음이 무거워 일체의 약속도 잡지 않고 지낸 적이 있습니다. '이렇게 살다가는 아무도 못 만나고 살겠다'는 생각이 들어 슬금슬금 친구들을 만나기 시작했죠. 그 후로 "마감이 언제야?"라는 질문에는 이렇게 대답하고 있습니다.

"마감은 끝이 없지만 너 만날 시간은 있어!"

연재에 지친 마음이 들 때면 '아, 딱 하나만 하고 싶다'는 생각이 종종 듭니다. 저는 지금 연재하는 모든 연재물에 애착이 있습니다. 그중 하나만 하고 싶다는 말이 하기 싫은 것이 있다는 뜻은 아닙니다. 다만 긴 호흡을 갖고 한 시절에 한 작품만 연재할 수 있다면 좋겠다는 이야깁니다. 그럴 수 있다면 일정에 여유가 생기고, 빚을 진 기분도 덜할 것이며, 한 작품에 쏟을 수 있는 시간도 많아질 테니까요. 그래도 될 정도로 제 고료가 오르기 전까지는 아무래도 어려운 일이겠죠. 아, 고료가 펑펑 오르면 좋겠습니다.

급한 불

묘비명

이것은 어느 날 잠에서 깨자마자 떠올린 생각입니다.

'언젠가 망할 줄은 알았지만 그게 오늘일 줄은 몰랐다. 망했구나 싶을 때도 있었지만 진심은 아니었지. 진심인 적이 있었대도 막연히 희망이 있었다. 하지만 지금은 다르다. 망했다. 나는 오늘부로 확실히 망했어.'

그날은 매주 마감해야 하는 일간지 마감일이었죠. 신문 마감은 인터넷 연재나 단행본 마감과 달리

미룰 수가 없습니다. 인쇄에 들어가지 못하면 그 공간은 공백이 될 테니까요. 그러나 마감일인 그날 저는 전날 새벽까지도 아이디어를 떠올리지 못해 동틀 때에야 잠들었다가 오후에 일어나고 말았습니다. 마감 시간까지 단 몇 시간 남았을 뿐인데 도저히 맞출 수 없을 것 같았죠.

　　'신문 연재를 펑크내다니 최악이다.'

　　그러나 결말부터 말하자면, 좀 늦긴 했지만 펑크는 내지 않았습니다. 간신히 소재를 떠올려 마감한 것입니다.
　　그래도 주 단위 연재처럼 마감일이 딱 정해져 있지 않아 일정에 여유가 좀 있는 경우는 상황이 낫습니다. 여러 가지 시도를 해볼 수 있죠. 괜찮은 아이디어를 떠올려야 하는데 진전이 없으면 일단 책장 정리 같은 것을 합니다. 책을 다 꺼내서 다시 꽂기도 하고 아예 책장 위치를 옮겨보기도 하죠. 무거운 것을 옮기느라 땀이 뻘뻘 나고, 비록 일은 아니지만 뭐라도 열심히 하고 있다는 만족감이 듭니다. 그렇게 하루를 다 보내고 나면 이제 '아이디어가 없는 사람'에서 '책장 정리를 했고 아이디어가 없는 사람'이 됩니다.

때로는 난데없이 특정 음식에 중독되기도 합니다. 정서적인 만족감을 갖지 못하는 대신 미각에서라도 만족감을 느끼려는 욕구가 드는 것이죠. 한동안은 육포에 중독되었는데, 고단백 고열량 음식이라 정신노동에 도움이 되는 기분이었죠. 그러나 육포를 계속 씹으려니 턱이 아파서 그만두었습니다.

또 한동안 엄청나게 먹은 것은 와사비 콩과자입니다. 동네에 있는 과자 전문점에서 처음 발견한 후로 여러 브랜드의 와사비 콩과자를 사 먹었죠. 입에 넣으면 톡 쏘는 맛이 있는 자극적인 과자여서 더욱 선호했던 것 같습니다. 당시의 결핍을 채워줬다고 할까요.

'이왕이면 좀 더 멋있는 것에 중독되지 왜 하필 와사비 콩과자냐'는 생각이 들지 않은 것은 아닙니다. 도무지 그럴싸한 구석이 없으니까요. '이러다 내가 죽으면 묘비에는 이런 말이 적힐 텐데. 평생 와사

비 콩과자에 중독되었던 도대체, 여기에 잠들다……'
같은 생각도 합니다.

　　그러나 이런 경우는 아직 발등에 불이 진짜로 떨어지지 않은 상황입니다. 마감이 코앞이고 어떻게든 원고를 보내야 할 때는 책장 정리를 하거나 콩과자를 씹고 있을 여유도 없습니다. 묘비에 '평생 마감을 어겼다'라는 문구가 들어가는 것은 막아야 할 테니까요.

일단 걷고 봅니다

아무리 용을 써도 적당한 소재가 떠오르지 않을 때는 일단 밖으로 나가곤 합니다. 왜인지는 모르겠지만 걸어다니다 보면 뭐라도 하나 건지게 되기 때문입니다. 가끔은 '나는 다리에 뇌가 있는 게 아닐까?'라는 실없는 생각을 하기도 합니다. 다행히 저는 평소에도 걷는 것을 좋아하는 사람입니다. 또 제 다리는 아주 튼튼한 편이라 5킬로미터 정도는 부담 없이 걸어다닐 수 있죠. 한동안 고관절 쪽이 아파서 걷기 생활에 위기가 왔지만, 신고 다니던 운동화를 바꾼 후로 점점 나아지고 있습니다. 걷기에 적합한 신발이 아니었던 모양입니다.

그러나 '걷기'를 아무리 좋아한대도 때로는 괴롭습니다. 너무 덥거나 추운 날, 비바람이 불거나 늦은 밤 시간이 그렇습니다. 살을 에는 찬 바람이 씽씽 부는 날, 소재가 떠오르지 않아 중무장을 하고 밖으로 나갈 때면 '이게 무슨 짓이람'이란 자괴감이 들기 마련입니다. '울며 겨자 먹기도 아니고, 정말 이 방법뿐인가?' 싶죠. '미래의 관절을 당겨서 이번 주 마감에 쓰고 있군' 같은 생각도 들고요. 그래서 저는 진득하게 앉아 작품 구상을 하는 분들이 부럽습니다. 실은 올해의 목표 중 하나가 '걸어다니지 않아도, 실내에 앉아 소재를 떠올리는 사람'이 되는 것이었는데요. 아직까지는 이루지 못했습니다. 지금 이 글도 2킬로미터를 걸어나와 어느 카페에서 쓰고 있습니다.

일단 먹고 봅니다

소재가 떠오르지 않을 때 하는 일 중 또 다른 하나는 '먹기'입니다. '걷기'가 소재를 얻기 위한 적극적인 방법이라면, '먹기'는 약간 체념에 가깝습니다. '아무 생각도 못 하고 시간만 죽일 바에는 맛있는 거라도 먹자. 그러면 기분이라도 좋아지니까'라는 마음인 셈이죠. 그동안 제가 트위터에 올린 기록을 좀 찾아보자 이런 것들이 나왔습니다.

* 오늘도 아무 생각이 나지 않아서 일단 걷다가 마라탕을 먹었다.
* 오늘도 아무 생각이 나지 않아서 바지락칼국수를

먹으러 왔다.

* 오늘도 아무 생각이 나지 않아서 일단 감동란을 두 알 먹었다.

* 오늘도 아무 생각이 나지 않아서 냉면 먹으러 왔다.

물론 언제나 기분 좋은 결말로 끝나는 것은 아닙니다. 아래 기록들이 증거입니다.

* 오늘도 뭔가 생각해야 하는데 아무 생각도 안 나서 일단 밖으로 나왔다가 배가 고파져서 짜장면을 먹었다. 이제 배부르고 아무 생각도 없는 사람이 되었다.

* 오늘도 아무 소득 없이 팥죽만 먹었다. 내일 낮까지 무슨 생각이라도 해내야 한다. "그동안 뭐하셨어요?"라고 묻는 클라이언트에게 "가라아게, 마라탕, 팥죽을 먹었다"고 대답할 순 없다.

* 오늘이 가기 전에 재미있는 아이디어를 떠올려야 하는데 아무 생각도 나지 않는다. 그래서 일단 밥부터 먹었지만 좋은 생각이 떠오르지 않아 커피도 마

셨으나 그대로였다. 샤워를 해도 소용없어서 밖을 어슬렁거렸지만, 여전히 아무것도 떠오르지 않는다. 이렇게 반복하다 보면 금방 여든 될 것 같은데……

＊다행히 여든이 되기 전에 생각해냈다.

그러나 아무리 걷고 먹으며 몸부림쳐도 소용없을 때가 있기 마련이죠. 그럴 때면 하늘이 노랗게 변하지만, 참 신기하게도 마감 몇 시간 전에는 기어이 소재가 떠오릅니다. 사람은 위험한 상황에 처하면 초능력을 발휘한다는데 아무래도 그런 종류의 현상인 것 같습니다.

딱 하루

마감을 앞두고는
왜 늘
'딱 하루만 더 있었으면'
싶을까?

며칠도 아니고
꼭 《하루》가
부족한 이유가
뭘까??

...

나는 하루 일찍
태어났어야
했던 거야!!

주무세요

연재 소재가 떠오르지 않는 정도의 어려움이 아니라, 장기적인 슬럼프가 찾아올 때도 있습니다. 그런 조짐이 보일 때는 누구보다 저 자신이 가장 잘 알수 있죠. 꽤 오래갈 거라는 감이 옵니다. 그러나 너무 아래로 가라앉지 않으려 애씁니다. 일단 너무 아래로 가라앉은 후에는 다시 올라오기 힘들어진다는 것을 경험했기 때문입니다.

최근에도 그런 경험을 했습니다. 소재가 떠오르지 않으면 낙담하게 되고, 낙담을 하면 의기소침해지며, 의기소침 후에는 신세 한탄과 함께 일이 아닌 다른 모든 것, 심지어 일상에 대한 의욕도 잃게 되곤 합니다. 환장할 노릇이죠. 그럴 때의 뾰족한 해결 방법을 저는 알지 못합니다. 단지 '언젠가 일이 손에 잡히는 날이 오겠지'라고 생각할 뿐입니다. 대책 없는 믿음이지만 그 생각은 대체로 맞았습니다. 최근에도 의욕을 잃고 도저히 일이 손에 잡히지 않는 날들을 보냈는데, '이러다 언젠가 일이 손에 잡히는 날이 오겠지' 생각하며 시간을 보냈답니다. 그리고 결국 그런 날이 오긴 하더라고요.

가장 애쓰는 것은 '난 이제 어떻게 되는 거지?'란 생각을 떨치는 것입니다. 그런 생각을 미리 해봐야 좋을 것 없다는 사실을 알지만, 자꾸 떠오르곤 하거든요.

그럴 땐 일단 잠을 잘 자보려고 합니다. 저는 가끔 세상의 많은 문제가 사람들이 잠을 많이 자지 않기 때문에 일어나는 게 아닌가 생각하기도 합니다. 제 의견에 공감하시나요? 저는 잠이 부족하면 신경이 날카로워집니다. 쉽게 짜증이 나고, 예민해지며, 주의가 산만해지고, 사람들을 만나 헛소리를 늘어놓습니다. 인류가 다 같이 하루 세 시간씩만 더 자도 범죄율이

낮아질 거라고 말한다면 너무 극단적일까요? 그러나 저는 진지하게 그런 생각을 하고 있습니다.

그러나 막상 해야 할 일이 산재한데 일이 잘되지 않을 때 마음 놓고 자는 게 쉬운 일만은 아닙니다. 되짚어보면 학창 시절부터 겪던 아이러니였죠. 시험 전날 밤을 새워 벼락치기를 하고 맑지 않은 머리로 시험을 보느냐, 잠을 푹 자고 말짱한 정신으로 답을 찍느냐 같은 갈등 말입니다. 그런데 제 경험으로는, 말짱한 정신인 편이 낫습니다. 특히나 쉽게 끝날 것 같지 않은 슬럼프 속에서는 더욱 그렇습니다. 똑같이 걱정을 해도 말짱한 정신으로 하는 편이 낫고, 신세 한탄을 해도 말짱한 정신으로 하는 편이 낫습니다.

그러니 너무 힘들다면 일단 주무세요. 자고 일어나도 현실은 달라지지 않겠죠. 그러나 우리의 뇌는 자기를 푹 쉬게 해 준 데 보답할 것입니다. 일어날 가능성이 거의 없는 애먼 상상으로 스스로를 괴롭히지 않는 방식으로요.

저는 진지합니다. 여러분, 주무세요.

작업실

이 글을 쓰는 현재 저에게는 '작업실'이라 부르는 공간이 있습니다. 아주 작은 분리형 원룸입니다. 처음에 '작업실을 얻어서 열심히 일해야지' 생각하며 얻은 곳이라 작업실이라고 부르고 있기는 한데, 이곳에서 밥도 먹고 잠도 자며 생활하고 있습니다. 결정적으로 작업을 많이 못 하고 있기에 '작업실'이라고 말할 때마다 죄지은 기분이 들지만 이미 입에 붙어 계속 작업실이라고 부르고 있습니다.

이곳이 첫 작업실은 아닙니다. 저는 몇 년간 1인 사업을 한 적이 있는데, 그러면서 몇 곳의 사무실과 작업실을 거쳤죠. 그중에서도 바로 직전 작업실에 애착이 컸습니다. 한적한 주택가에 생뚱맞게 점포용도 공간 네 개가 나란히 지어진 집이 있었는데, 그중 한 곳이 몇 년째 비어 있는 것을 보아오던 참이었죠. 알아보니 월세와 보증금도 썩 비싸지 않았습니다. (사실 그게 가장 중요한 조건이었죠.)

　　오랫동안 비어 있던 곳이라 내부는 엉망이었습니다. 변색한 벽지 곳곳에 곰팡이가 가득했습니다. 저는 그만 잘못된 선택을 하고 말았는데, 혼자 그 벽지를 다 뜯어내고 페인트칠을 하겠다고 생각한 것입니다.

　　벽지 시공 전문가가 아닌데 벽지를 직접 뜯어내 보신 분이 있나요? 그렇다면 제가 어떤 생고생을 했는지 공감하고 계실 것입니다. 저는 그냥 벽지 곳곳에 칼집을 내서 주욱 뜯어내면 끝이라고 생각했습니다. 만약 잘 뜯기지 않으면 분무기로 물을 뿌려 벽지를 불린 다음 뜯어내면 된다는 계획까지 마련되어 있었지요. 하지만 그래봐야 별 소용없더군요. 고생 끝에 어찌어찌 벽지를 뜯어내서 인터넷에서 본 대로 핸디코트라는 것을 바르고, 그 위에 페인트칠을 해서 그럭저럭 인간이 들어가 있어도 어색하지 않은 공간을 만들었습니다. 오랫동안 방치되었던 공간이라 집주인이 마음대로 인테리어를 하라고 허락한 덕에, 벽마다 다른 색깔을 칠하기도 하고, 레일을 달아 제 그림을 넣은 액자도 거는 등 마음껏 꾸밀 수 있었죠.

나름대로 공들여 꾸미고 지낸 곳이어서 애착이 컸습니다. 하지만 사업이 점점 어려워지면서 결국 정리해야 하는 순간이 왔죠. 다달이 월세를 내면서라도 유지하고 싶었지만, 집주인이 월세를 대폭 올리겠다고 하는 바람에 결국 포기했습니다. 가구와 집기들을 처분하고 작업실을 나오면서 몹시 착잡했습니다. 작업실이란 공간을 다시 얻을 수 있으리란 기약이 없었으니까요.

훗날 운이 풀려 새 작업실을 구할 수 있을 정도의 작은 보증금이 생긴 후에 여기저기 집을 보러 다녔습니다. 마침 집에서 몇 걸음 되지 않는 곳에 괜찮은 집이 하나 나와 있었습니다. 제가 가장 유심히 본 것은 '누수 가능성이 있는가?'였죠. 이전에 다른 집에서 누수 때문에 골치 아팠던 적이 있었기 때문입니다. 그래서 그 집의 천장도 유심히 살펴보았는데, 아니나 다를까 천장에 누수의 흔적으로 의심되는 얼룩이 보였습니다. 부동산에서는 누수가 아니라 결로 흔적이라고 했지만, 그 말을 순순히 믿을 수는 없었죠. 그래서 탐문 수사에 들어가기로 했습니다. 바로 아래층 세대에 찾아가 윗집에서 누수가 있었다는 얘기를 들은 적이 있는지 물었습니다. 문을 연 청년은 그런 이야기를 들어본 적이 없다고 했고, 제가 알았다며 돌아서는데 갑자기 안쪽에서 어느 아주머니가 나왔습니다.

"잠깐만요."

아주머니의 증언은 이랬습니다. 사실은 그 건물 전체에 누수 문제가 있다는 것이었습니다. 윗집 천장에서 물이 샌 적이 있는지는 모르겠지만, 비가 오면 건물 복도에 물이 새곤 한다는 거였죠. 설상가상 윗집의 집주인이 집수리에 그다지 협조적이지 않다는 것도 전해 들었다고 하셨습니다. 아주머니는 목소리를 낮춰 속삭이셨습니다.

"제가 말했다고 부동산에 전하시면 안 돼요."

저는 고개를 끄덕이며 감사 인사를 했습니다. 탐문 수사하기를 잘했다고 생각했죠. 그리고 다른 집을 알아보았는데, 좁고 낡은 집이었지만 적어도 누수의 흔적은 보이지 않았습니다. 마침 같은 건물 다른 층에 예전 직장 동료가 몇 년째 살고 있었기에 그에게도 물어보았는데, 역시나 누수가 있던 적은 없었다고 하더군요. 그래서 계약한 곳이 현재의 작업실입니다. 그리고 수년 동안 누수가 없었다던 이 건물은 제가 입주하고 반년 만에 누수가 생겨 수개월을 고생하고 말았습니다. 인생이란 게 이렇습니다.

일은 대체 어디에서
손에 잡힐까?

집에서는 일이 손에 잡히지 않아 작업실을 얻었습니다. 작업실을 얻자 이번에는 작업실에서 일이 손에 잡히지 않아 종종 카페에 갑니다. 이게 대체 무슨 일일까요? 멀쩡한 작업실을 두고 카페에 앉아 있을 때면 이게 뭐 하는 짓인가 싶어 정말 환장하겠습니다.

그렇다고 카페에서 일이 아주 잘 되는 것도 아닙니다. 변수가 너무 많기 때문이죠. 조명 때문에 눈이 아프지 않고, 스피커와 가깝지 않고, 탁자와 의자가 일하기에 편안한 자리는 이미 다 채워져 있을 가능성이 높습니다. 주위에 어떤 사람들이 앉는지도 중요한 변수입니다. 바로 옆 테이블에서 연인들이 이별하고 있기라도 하면 온 신경이 거기 쏠려 일할 수가 없으니까요. 변명일 뿐인지도 모르겠지만, 그래서 카페로 간다고 매번 일을 많이 하고 오는 것도 아니고, 편안히 앉아 트위터를 보다가 오는 날이 많습니다.

짐을 바리바리 싸 들고 다니기도 쉽지 않습니다. 가벼운 노트북을 샀지만, 어댑터와 자물쇠는 무겁습니다. 거기에 휴대용 티슈와 핸드크림, 핸드폰 충전기, 노트와 필기구, 그리고 다른 잡다한 소지품을 넣은 배낭은 결코 가벼울 수 없죠. 무더운 여름에는 배낭을 메고 카페까지 걸어가기만 해도 힘이 쏙 빠지곤 합니다. 소지품을 줄일 수는 없으니 가벼운 백팩이 있으면 좋겠다고 생각하게 되고, 갑자기 비가 올 수 있으니 방수도 되어야 한다는 생각도 듭니다. 그리고 그런 백팩을 검색하는 데 소중한 세 시간을 쓰지만 결국 마음에 쏙 드는 것은 찾지 못해 구입은 뒤로 미루죠.

언젠가는 휴대용 키보드에 꽂혔습니다. 휴대용 키보드는 노트북보다 가벼우니, 그것을 사면 언제 어디서든 핸드폰에 연결해 열심히 글을 쓸 수 있을 것 같았기 때문입니다. 그러나 휴대용 키보드를 구입하자, 저는 작업을 열심히 하는 사람이 아니라 '휴대용 키보드를 가진 사람'이 될 뿐이었습니다.

　심지어 요즘은 휴대도 안 합니다.

수업을 듣긴 하지만

　　의외로 일이 잘된 곳은 수업이 진행되는 강의실이었습니다. 저는 종종 다양한 특강을 들으러 가는데요. 분명히 관심 있어서 시간과 돈을 들여 들으러 간 강의인데도 어김없이 딴생각이 나곤 합니다. 칠판과 책상 위를 번갈아 보며 열심히 강의를 듣는 학생으로 보이지만, 딴생각이 한참 진행 중이거나 손으로는 낙서를 하고 있지요. 수업 시간에는 재밌는 아이디어도 많이 떠오릅니다. 평소에 하는 낙서가 그냥 끄적거림이라면, 수업 시간에 하는 낙서는 좀 더 체계화되어 있기까지 합니다.

　　도대체 왜 수업 시간에는 일이 잘되는가? 제가

생각한 이유는 다음과 같습니다.

1. 일은 언제나 하기 싫고 딴짓은 즐거운데, 수업 시간에는 일이 딴짓이 된다.
2. 눕지 못하고, 스마트폰을 볼 수 없으며, 자세가 바르고, 정해진 시간 동안 무조건 앉아 있어야 하며, 졸지 못한다.

한마디로 몸은 묶여 있지만, 머리는 깨어 있는 시간인 것입니다. 그러니 일이 얼마나 잘될까요.

언젠가 6주짜리 특강을 듣는 내내 끄적거린 그림을 SNS에 올리자 제 친구는 이렇게 말했습니다.

"무슨 수업인지는 모르지만, 그 수업 계속 들으면 안 돼? 1년만 들으면 단행본 한 권은 그냥 나오겠어……."

아예 조용한 수업을 하나 알아봐서 맨 뒤에 앉아 수업 시간에 원고를 쓰면 어떨까란 생각을 해보지 않은 것은 아닙니다. 그러나 단념했습니다. 열심히 수업을 진행하는 선생님과 다른 학생에게 미안하기도 하고, 막상 진짜로 작정해서 의무감을 갖게 된다면 그땐 또 분명히, 하기 싫어질 테니까요.

악몽을 꾼 이유

저는 꿈 얘기를 남들에게 하는 것에 약간의 거리낌이 있는데, 그건 제 중학교 음악 선생님 때문입니다. 어느 수업 시간, 선생님이 이렇게 말씀하셨죠.

"불이 활활 타는 꿈을 자주 꾸는 사람 있니?"

아, 저는 당시에 그런 꿈을 종종 꾸곤 했습니다. 그래서 손을 번쩍 들고 '저요!'라고 외쳤습니다. 그런데 선생님은 웃음을 참으며 이렇게 말씀하셨습니다.

"성욕이 풍부하구나!"

세상에! 망신도 그런 망신이 없었습니다. 과연 그게 진짜인지 아닌지는 아직도 모릅니다. 하지만 그 이후로 저는 꿈 이야기를 하면 누군가 마음대로 내용을 분석하는 것이 아닐까란 찝찝함이 생겼습니다. 찝찝해하면서도 떠들어버리곤 하지만요.

아무튼, 이번에도 꿈 이야기를 하겠습니다. 오랫동안 제가 꾼 꿈의 레퍼토리는 이렇습니다. 저는 어느 무대에 설 예정입니다. 라이브 카페이기도 하고, 페스티벌 무대이기도 하고, 소극장이기도 합니다. 그 무대에서 저는 곧 노래를 하거나 악기를 연주해야 하는 상황이죠. 그러나 저는 불러야 할 노래 가사를 모르거나, 악기를 연주할 줄 모릅니다. 한마디로 망한 것이죠. 그렇게 어쩔 줄 몰라 하며 끙끙 앓다가 꿈에서 깹니다.

비슷한 맥락의 꿈도 있었습니다. 이번에는 어딘가로 도망가야 하는 상황입니다. 화산이 넘치기도 하고, 전쟁이 나기도 하고, 괴물이 활보하기도 합니다. 저는 자동차를 타거나 말을 타고 도망가야 하지만 운전을 할 줄 모르거나 말을 탈 줄 모릅니다. 일단 자동차에 올라타서 시동은 걸지만, 직진만 할 수 있을 뿐 다른 작동법은 아무것도 모릅니다. 그렇게 끙끙 앓다가 꿈에서 깹니다. 이런 식의 꿈을 아주 오랫동안 몇 년에 걸쳐서 꾸었습니다. 깨고 나선 제가 뭔가에 쫓기는 기분이 들고 자신감이 없는 상황인가 보다 생각했죠.

그런데 어느 날이었습니다. 이번 꿈에서도 역시 저는 무대에 올라야 했죠. 그리고 역시 아무 준비도 되어 있지 않았습니다. 그런데 그날따라 이전의 꿈과는 다른 마음가짐이 되었습니다. 제가 '에이, 그만두자' 하며 공연장을 나와버린 것입니다. 공연장을 나서자 기분이 몹시 후련했습니다. 꿈에서 깬 후에도 너무나 후련했죠. 신기하게도 그날 이후로 저는 그런 꿈을 꾸지 않았습니다.

그러나 몇 년 후 어느 날, 다시 엄청난 악몽을 꾸었습니다. 제가 중죄를 저지르고 수배되어 도망다니고 있었죠. 남들 눈을 피해 어머니를 몰래 만나 도피 자금을 전달받으려다가, 저를 쫓던 형사들에게 하루도 못 가 붙들렸고 인터넷에 악플이 잔뜩 달리는 꿈이었습니다. 깨고 나서 생각하니 심장이 터질 것 같았습니다. 새로운 연재를 시작하는 첫날이었습니다.

꿈에서 일하기

꿈 이야기를 더 해볼까요. 저는 종종 일하는 꿈을 꿉니다. 소재를 떠올리고, 작업을 하고, 담당자에게 메일을 보내는 과정이 아주 사실적이죠. 그렇게 모든 일을 마치고 홀가분해하다가 눈을 떴는데 모든 게 꿈이었고 일도 하나도 하지 않은 상태일 때는 정말 너무 억울합니다. 그럴 바에는 어딘가로 여행을 가거나 즐겁게 노는 꿈을 꾸면 얼마나 좋겠어요? 꿈에서도 일했는데 현실에서도 일해야 한다니! 자면서도 푹 쉬지 못하고 일을 했다니! 정말 너무너무 억울합니다.

꿈에서 얻은 아이디어라도 기억난다면 좋으련

만 그렇지도 않습니다. 어떤 아이디어를 떠올리고 기뻐하는 꿈을 꾸다가 깼는데, 기뻐했다는 것만 생각나고 정작 아이디어는 기억나지 않는 일이 다반사이죠. 가끔 기억날 때도 있지만 맨 정신으로 검토하면 형편없는 것뿐이어서, 그런 아이디어로 기뻐했던 꿈속의 제가 가여워지는 게 대부분입니다.

굉장했지

인생은 계약서대로

일이 잘 풀리지 않아 답답할 때면 습관처럼 뱉는 말이 있습니다. '내 인생 어디로 흘러가고 있나?'가 그것입니다. 어찌어찌 살아가곤 있지만 큰 줄기를 짐작하기 어렵습니다. 어느 날 정신을 차렸더니 전혀 엉뚱한 곳에 서 있는 건 아닐까 걱정이 됩니다.

그러던 어느 날, 저는 이렇게 외쳤습니다.

"계약서다! 인생은 계약서대로 흘러가는 거야!"

그랬습니다. 제가 지금 하는 일도, 앞으로 해야 하는 일도, 진작 했어야 했는데 밀린 일도, 모두 직접 사인한 계약서대로 흘러가고 있었죠.

　　첫 책을 낸 것은 대학교 1학년 겨울방학 때였습니다. 책을 내게 된 경위를 한마디로 요약하면 '자만심' 정도가 될 듯합니다. 당시에 한창 유행하던 일명 '하이틴 시집'들을 몇 권 읽어보니 '이런 거라면 나도 쓸 수 있겠다'는 생각이 들었고, 그래서 정말 써서 출판사에 보냈죠. 원고를 보내고 몇 달이 지나 슬슬 잊혀질 무렵 출판사에서 연락이 왔습니다. 책을 내자고 하더군요. 그렇게 저의 첫 책이 나왔습니다. 수십 편의 말랑한 연애 시와 직접 그린 삽화가 수록된 책이었죠.

　　그 책은 꽤 많이 팔렸다고 알고 있습니다. 대형 서점 베스트셀러에 오르기도 했고, 서점에 갔다가 십 몇 쇄까지 찍힌 것을 발견하기도 했으니까요. 몇 쇄까지 찍었는지 정확히 모르는 이유는 제가 계약을 잘못했기 때문입니다. 책을 낸다는 사실만으로도 기뻤고, 첫 책은 다 이런 식으로 계약하는 게 관행인 줄 알고 인세 계약 대신 매절, 그것도 단돈 70만 원만 받는 조건으로 계약했던 겁니다. 그렇게 첫 책은 인세 수입 대신 '책을 낼 때는 계약을 잘해야 한다'라는 교훈을 남겼습니다.

저승이란 곳이 실재한다면 저는 아무래도 천국보다는 지옥에서 벌을 받는 쪽에 가깝지 않을까 생각합니다. 그래서 가끔은 저승에서 벌 받는 상상을 하곤 하는데요. 저승사자에게 선처를 구할 때 이렇게 말하면 어떨까 미리 생각해두었습니다.

> 나: 제가 지은 죄가 크긴 하지만, 생전에 제가 고생을 많이 했는데요.
>
> 저승사자: 그래서?
>
> 나: 그 고생들 중 상당수가 제가 직접 제 무덤을 판 일이었거든요.
>
> 저승사자: 그런데?
>
> 나: 불쌍하게 여기셔서 좀 봐주시면 안 될까요? 셀프로 미리 벌받은 셈 치고……

에휴…… 아무래도 안 되겠죠. 아무튼, 우스개처럼 쓰긴 했지만 자기 무덤을 자기가 팠다 해서 세상이 봐주지는 않더라고요. 그러니 이 글을 읽는 분들은 기억하십시오. 인생은 계약서대로 흘러갑니다. 엉뚱한 계약서를 쓰면 엉뚱하게 흘러가고, 바람직한 계약서를 쓰면 바람직하게 흘러갈 것입니다. 계약서를 조심하세요.

얼마까지
알아보고 오셨어요?

계약 얘기가 나와서 말인데, 그림 작업의 단가를 매기는 것이 세상에서 제일 어렵습니다. 책의 인세는 어느 선에서 평균 고료가 정해져 있는 듯한데, 삽화나 사외보 등 외주를 받아서 하는 일의 작업비는 통 종잡을 수가 없기 때문입니다. '이러이러한 작업인데, 얼마를 드리면 될까요?'라는 문의를 받으면 고민하다가 어디서 많이 들어본 대사를 치게 됩니다.

"……얼마까지 알아보고 오셨어요?"

어찌어찌 협의해서 일한다 해도 그것으로 끝이 아닙니다. 예전에 장사할 때가 생각납니다. 누가 이런저런 이유로 제품을 좀 싸게 달라고 해서 그때만 그렇게 해주기로 하고 응하면, 다음에 그가 소개했다는 다른 사람이 연락해서 자기도 그 가격에 달라고 하는 것이죠. '그때는 여러 사정으로 딱 한 번만 그렇게 드린 것'이라 말해도 소용없습니다.

그림을 그릴 때도 비슷합니다. 예를 들어 백 컷이니 장당 단가를 낮춰 달라고 해서 '그래도 총 고료는 목돈이니까……' 생각하고 응하면, 다음에 열 컷, 심지어 한 컷도 그 단가로 그려달라는 연락이 오곤 하더라고요. 아무래도 이런 현상은 분야가 달라도 공통으로 일어나는 일인가 봅니다.

그럼 저는 이제 어떻게 살아가게 될까요? 스스로 기준을 정해 그 기준 아래로는 절대 일하지 않겠다고 다짐하겠죠. 그리고 그 기준을 잘 지키다가도 '그 돈이라도 절실한' 때에는 지키지 못할 것입니다. 그래서 속상한 것이죠.

잘리는 줄 알았습니다

어느 날 핸드폰으로 전화가 한 통 걸려왔습니다. 발신자는 네이버 동물공감판에 연재 중인 만화 〈태수는 도련님〉의 담당자였죠. 불안한 기운이 몰려왔습니다.

'생각보다 일찍 잘리는구나.'

같은 플랫폼에 연재 중인 다른 만화들에 비해 제 만화가 심심하고 재미없다고 생각하던 참이었으니, 잘린대도 이상할 것이 없었죠. 한숨을 쉬며 전화를 받았는데 담당자가 말했습니다.

"〈태수는 도련님〉에 콜라보 제안이 들어왔는데 작업이 가능하신가 해서요."

이럴 수가. 잘리긴커녕 개봉을 앞둔 애니메이션의 콜라보레이션 제안이었습니다. 직전까지 두려움에 떨었던 사실을 비밀로 하고 대화를 이어갔습니다.

얼마 후 연말이 되었습니다. 이번에는 동물공감판을 운영하는 회사의 대표님에게 메일이 와 있었습니다. 이번에도 불길한 예감이 들었습니다.

'결국 잘리는구나. 새해를 앞두고 정리되나 보다. 새해부터 나쁜 소식을 전하는 게 미안해서 대표님이 직접 메일을 보낸 것이 분명하다.'

그러나 메일 내용은 태수 캐릭터의 라이센스 계약을 맺고 싶다는 제안이었습니다. 이번에도 역시 잘릴 것을 예측하고 있었다는 티를 내지 않고 짐짓 의연한 척 승낙하는 답장을 보냈습니다.

다른 곳에 격주로 연재하던 에세이의 담당자에게 카톡이 왔을 때는 정말 예감이 좋지 않았습니다. 평소 금요일에 '다음 주 월요일까지 원고 주는 것 잊지 마라'고 보내던 분이었는데, 그날은 수요일에 보냈더군요. 심상치 않은 일이었죠. 미리보기로 확인하니 '작가님 안녕하세요. 날씨가 여름이네요. 밖으로 놀러 가기 좋은 날씨에 이런 톡을 보내 죄송스러운 마음……'까지 보이더군요.

'마침내 올 것이 왔구나. 요즘 보낸 원고가 신통치 않았지. 다른 작가들 글에 비해 조회 수도 댓글도 적었으니까……' 마음의 각오를 하고 카톡을 열자 나머지 문장이 보였습니다.

'다음 주 월요일까지 원고 부탁드립니다.'

울면서 달리고 있습니다

'그렇게 자기 작업에 자신이 없는데 어떻게 작업을 계속하나?'라고 묻고 싶은 분도 계실 것입니다. 맞습니다. 저도 종종 그런 생각을 합니다. 답을 하자면, 그런 생각이 들지만 울면서 하고 있다는 것입니다.

언젠가 북토크 행사가 끝나고 사인을 받으러 온 이십대 독자가 말했습니다. 하고 싶은 일이 있는데 겁이 나서 시작하지 못하고 있다고요. 그래서 솔직하게 이야기했습니다. 저도 그렇고, 아마 남들도 사실은 모두가 겁이 나는데 울면서 하고 있을 거라고요.

저도 울면서 달리고 있습니다. 달리면서 무엇을 만나게 될지, 그렇게 달린 후에 어떤 풍경을 보게 될지 아직 아무것도 모르겠습니다. 하지만 일단 울면서라도 가볼 수밖에요. 다행히 가끔 웃을 수 있는 일들이 생깁니다. 그때마다 더 달릴 힘을 얻으며 조금씩 살아가다 보면 제가 원치 않아도 달리기가 끝나겠죠.

내가 그 일을 할 수 있을까?

경향신문 토요판에 연재 중인 만화〈그럴수록 산책〉을 시작하기 전, 담당 기자님과 통화할 때였습니다.

나: 제가 어떤 만화를 그리면 되나요?
기자: 토요판이니까, 한 주 간의 긴장을 풀고 가볍게 볼 수 있는 내용이면 좋겠습니다. 작가님의 책《일단 오늘은 나한테 잘합시다》를 재미있게 봤는데요, 그런 내용이어도 좋을 듯하고요. 때로는 웃기고, 때로는 무릎을 '탁' 치게 하는 내용도……

거기까지 듣고 저는 난색을 표할 수밖에 없었습니다.

나: 저, 그 책은 제가 오랫동안 쓴 글을 모아서 낸 거라서요. 무릎을 매주 치기는 어려운데요…….

기자님은 웃음을 터뜨렸지만, 농담이 아니었습니다. 매주 웃기거나 신선한 이야기를 던질 자신이 도무지 없었습니다. 그러나 놓치기 싫은 기회였기 때문에 연재를 시작했고, 벌써 반년째 이어가고 있습니다.

일 제안이 들어올 때마다 '내가 그 일을 할 수 있을까?'라는 의문이 찾아옵니다. 찬찬히 생각해보니 지금 하는 일 중에서 제안을 받고 '네! 그것이야말로 제가 하려던 일이죠! 저 말고 누가 그 일을 할 수 있겠어요? 제가 하겠습니다! 잘할 수 있습니다!'라는 생각이 든 일은 아무것도 없네요. 지금 쓰고 있는 이 책도 '작가의 작업기를 써보자'는 출판사의 제안에 수도 없이 고민하다가 결정한 것이고요.

어떤 일을 해야 하는지, 하지 않는 것이 좋은지 결정하는 것은 늘 어렵습니다. 제가 근거 없는 자신감을 갖고 덤비는 건지, 충분히 잘 해낼 수 있을 만한 일인지 어떻게 쉽게 알 수 있겠어요? 그리고 어떤 일은 기어이 직접 해봐야 해도 됐던 일인지, 하면 안 되는 일이었는지 알게 되기도 하는 걸요.

때로는 모든 결정을 누가 알아서 해주고, 저는 정해진 일만 전달받아 하고 싶다는 생각을 하기도 하죠. 그러나 저는 알고 있습니다. 막상 진짜 그런 상황이 된다면, 제가 직접 일을 결정하지 못하는 것에 불만이 생길 거란 사실을요. 인생은 여러모로 어렵습니다.

그나마 마지막 순간에 꼭 체크하는 것이 있다면, '그 일의 책임을 누가 지게 될 것인가?'입니다. 잘되어서 득을 보게 되든, 못되어서 대가를 치르게 되든, 결국 제가 감당하게 될 일이니까요. 이런 고민의 순간에 혹시라도 일의 담당자가 '모든 책임은 저희가 질 테니 걱정하지 말라'고 말한대도 절대로 믿지 마세요. 누구도 남의 책임을 대신 져 주지 않습니다. 설

령 그 말을 할 때는 진심이었대도 막상 실제 상황이 닥치면 그렇게 되지 않더라고요. 사람이 못 믿을 존재란 이야기는 아닙니다. 사람이 그렇게 훌륭한 존재가 아니란 이야기입니다.

깨워서 죄송해요

　저는 매우 규칙적인 생활을 합니다. 오전 6시에 일어나 동네 뒷산을 산책하고, 귀가하면 간단한 아침 식사 후 정오까지 글을 씁니다. 점심 식사 후에는 그림 작업에 집중하고, 저녁에는 짧은 운동 후에 친구들을 만나거나 미드를 보는 등 자유 시간을 갖습니다, 라고 쓸 수 있는 사람이 될 수 있다면 얼마나 좋을까요?

　불행히도 저는 그런 사람이 되지 못합니다. 일단 저는 야행성입니다. 아침 일찍 일어나 깨어 있어도 오후가 될 때까지는 머리가 잘 돌아가지 않습니다. 그러니 아무리 일찍 일어나도 별 보람이 없는 날이 많죠. 재미난 생각이 가장 많이 나는 때도, 일이 가장 손에 잘 잡힐 때도 한밤중이죠. 사실 제가 가장 편하게 하루를 보낼 수 있는 방법은 늦은 밤까지 활동하다 잠들어서 점심 이후에 일어나는 방식입니다.

그러나 아무리 프리랜서여도 그렇게 살기 쉽지 않습니다. 일과 관련된 연락은 오전에도 오니까요. 담당자들의 업무 시간인 오전 9시부터는 깨어 있는 것이 가장 좋습니다. 한창 자고 있을 때 전화가 오면 절대로 자지 않은 척, 목소리 톤을 높여 큼직하게 '여보세요!'라고 외쳐보지만, 정말 신기하게도 상대방은 다 알아채고 이렇게 묻습니다.

"주무시는데 깨워서 죄송해요."

그럴 때면 너무나 창피해서 쥐구멍에 들어가고 싶어집니다. 어쨌든, 그래서 저도 최대한 보편적인 생체리듬에 맞춰 일하려고 부단히 노력하고 있지만 여차하면 다시 한밤중 생활로 돌아가곤 합니다. 저 같은 야행성 인간에게, 아침형 인간 위주로 돌아가는 이 세상은 너무나 혹독합니다. 그럴 때면 이렇게 호소하고 싶어집니다.

"인류여, 부디 오후부터 하루를 시작합시다!"

다른 장점을
생각하려 들지 말아요

가끔 이런 질문을 받습니다.

"하루 중에서 어느 시간대에 가장 집중이 잘 되나요?"

저는 이렇게 답합니다.

"저는 평소에 집중을 잘 하지 않아요. 그러다가…… 마감일에 하루 종일 집중합니다. 하루 종일 울면서 일하죠."

'울면서 일한다'는 말은 비유가 아닙니다. 저는 실제로 울면서 일한 적이 여러 번 있습니다. 주로 '왜 이 지경이 되도록 일을 미뤘다가 몰아서 하나'라는 후회와 반성의 눈물이지만, 앉아 있는 것이 너무 힘들어서 울기도 합니다. 때로는 모든 게 짜증 나서 울기도 하죠. 그러나 어쨌든 울면서도 일을 하긴 합니다.

그런 날은 화장실도 잘 가지 않죠. 요의가 느껴져도 최대한 참았다가 일어납니다. 사실 그렇게까지 할 이유도, 필요도 없죠. 다녀와봐야 얼마나 걸린다고요. 길어야 몇 분인데, 마감 일정에 별 영향을 미치지도 않습니다. 그러나 어쩐지 '화장실 가는 것도 참고 일하는' 상태여야 할 것 같은 마음이 들어 끝내 참는 것이지요. 말하자면 제가 저에게 셀프로 벌을 내리는 셈인데, 무척 한심한 일입니다.

계속 마감에 임박해 전전긍긍하며 일하는 이야기를 쓰고 있지만, 어쨌든 연재 펑크를 낸 적은 없습니다. 이런 것은 당연히 지켜야 하는 일이니 스스로 자랑스러워하는 것은 부끄러운 일이겠지만, 무엇이든 자신에 대해 자랑스러워하는 것이 하나도 없이는 살기 어려운 법이므로 마음속으로는 몰래 가끔 자랑스러워하고 있죠. 가끔 '내 장점은 이것뿐인가?'란 의문이 들 땐 필사적으로 외면하려 합니다. 그럼에도 어쩌다 상기하게 될 때가 있긴 합니다. 어느 연재

처의 직원과 통화할 때가 그랬습니다.

나: 늘 감사해요.

직원: 저희가 감사하죠. 작가님은 연재도 안 밀리시고.

나: 아휴, 당연히 그래야죠.

직원: 연재도 안 밀리시고……

나: ……

직원: ……연재도 안 밀리시니까……

그분이 저의 다른 장점이 없다는 사실을 깨닫기 전에 잽싸게 화제를 바꾸었습니다.

생활 패턴

뒤죽박죽 패턴으로 살아가곤 있지만, 그러나 그 와중에도 최소한의 규칙은 지키려고 노력하고 있습니다. 그리고 그것을 가장 크게 도와주는 것은 저와 함께 사는 개 '태수'입니다. 태수는 언젠가부터 실외 배변을 고집하고 있기 때문에 하루에 몇 번은 짧게라도 밖에 나가 배변을 해야 합니다. 비가 오든 눈이 오든, 날이 아무리 덥든 춥든 상관없이 무조건 나가야 하죠. 그래서 저의 하루는 태수와 함께하는 산책 위주로 돌아갑니다. 산책하고 와서 일하고, 산책하고 와서 쉬다가, 산책하고 와서 빈둥거리는 식입니다. 그런데 이렇게 강제로 밖에 나가 걷는 시간이 저에게는 큰 도움이 되고 있습니다.

앞에서 고정 수입에 대한 이야기를 했는데, 일상에 최소한의 규칙이 필요한 이유도 고정 수입이 중요한 이유와 같습니다. 그래야 하루를 예측할 수 있기 때문입니다. 오후 3시에 일어난다고 해도, 매일 같은 시간에 일어난다면 다음 날의 일정을 미리 계획할 수 있죠. 일어나자마자 제일 먼저 은행에 다녀온 후에 나머지 일과를 진행한다는 식으로요. 그런데 오늘은 3시에 일어났지만 내일은 몇 시에 일어날지 알 수 없다면 계획을 세우기 어려워집니다.

아무 계획도, 예측도 하지 못하는 삶이 무조건 나쁘다고는 할 수 없겠죠. 그렇게 사는 재미도 분명 있을 것입니다. 때로는 그렇게 살아보는 것이 가장 큰 소원이 되기도 합니다. 그러나 제 경험상, 특히 아무 일도 하지 않는 상황이거나 출퇴근이 필요 없는 프리랜서라면, 일상에는 최소한의 규칙이 필요합니다. 예측하지 못하는 생활이 반복될수록 마음 한구석에서 불안함이 자라니까요. 나쁜 일이 닥쳤을 때도 도움이 되고요. 아무리 속상하고 괴로운 일이 생겨서 엉엉 울다가도, 식사할 때와 산책할 때를 꼬박 꼬박 챙기다 보면 마음이 많이 누그러집니다. 그런 면에서 아무리 괴로워도 밖으로 나가 산책하게 해주는 저희 개, 태수에게 저는 큰 빚을 지고 있답니다.

딱 한 편만 보고 일하자

저는 영상물을 많이 보아온 편은 아닙니다. 어릴 때 몇 년간 집에 텔레비전이 없던 시절이 있었는데, 그때 텔레비전을 보지 않고 지낸 것이 습관이 되어 어른이 되어서도 보지 않고 살아왔죠. 컴퓨터나 핸드폰으로 영상을 보는 것에도 영 익숙하지 않아서, 스마트폰을 쓰기 시작하고도 유튜브 등 동영상을 시청한 적이 별로 없습니다. 당연히 화제의 미드 같은 것도 제대로 본 것이 별로 없었죠.

그러다가 최근 미드의 늪에 빠지고 말았습니다. 미드 매니아들이 보기에는 턱없이 부족한 양이겠지만 저에게는 엄청나게 큰 변화입니다. 그리고 새로

생긴 이 취미가 제 작업에 가장 큰 적이 되고 있습니다. 해야 할 일을 하기 싫을 때 너무 쉽게 도망갈 곳이 생겼기 때문입니다.

올여름에도 할 일이 산적한 상태에서 미드 여러 개를 정주행하고 말았습니다.〈위기의 주부들〉과〈오피스〉〈빅뱅 이론〉을 다 보고 이제〈모던 패밀리〉를 보기 시작했는데요. 일을 위협하는 것은 의외로 1시간짜리 시리즈가 아니라 20여 분 안팎의 시리즈입니다. '한 편만 보고 나서 일할까?'라는 생각을 쉽게 하게 만들지만, 결코 한 편으론 끝나지 않기 때문입니다. '한 편만 더 보자', '한 편만 더 보자' 하다 보면 몇 시간이 훌쩍 지나 있곤 합니다. 환장할 노릇이죠.

'딱 한 편만 보자'만큼 무서운 게 있다면, 그것은 '딱 한 시간만 자자'입니다. 알람을 아무리 많이 맞춰놓아도 성공하기 어렵습니다. 어떻게 자면서 15분 간격의 알람을 몇 시간 동안 다 끌 수 있었는지 제가 생각해도 놀랍습니다. 저도 진심으로 '딱 한 시간만 자고 일어나는 사람'이 되고 싶습니다. 하지만 그것보다 더 되고 싶은 것은 일을 미리미리 해서 막판에 쪽잠을 자지 않아도 되는 사람입니다.

　　물론 궁극적으로 되고 싶은 것은 일하기 싫을 땐
하지 않아도 되는 사람입니다.

위험한 순간

메모가 필요해

　이십대 때 다닌 회사 중 한 곳은 인터넷 신문사였습니다. 그때 저의 직속 상사였던 기자 한 분이 이런 말을 한 적이 있습니다.

　"나는 글 소재가 떠올랐다고 해서 메모하진 않아. 메모를 안 했다고 잊어버릴 소재라면, 진짜 내 소재가 아니라고 생각하지."

　한동안 그런 태도가 멋있다고 생각해서, 저도 따로 메모하지 않고 살기도 했습니다. 그러나 시간이 흐르면서 알게 되었죠. 그분에게는 그런 방식이 맞는지 몰라도, 저는 무조건 메모를 해야 하는 사람이더군요.

글이든 그림이든 소재가 떠오르면 바로 메모를 합니다. 그렇게 하지 않으면 날아가버리기 때문입니다. '아, 정말 괜찮은 소재다! 만화로 그려야지!' 생각하며 기뻐해봐야, 다음 날이면 기뻤다는 사실만 생각나고 무슨 소재 때문에 기뻤던 건지는 아무리 노력해도 떠오르지 않는 경우가 너무나 많습니다. 때로는 '이렇게 멋진 아이디어를 잊어버릴 리 없다!'고 자신하며 메모를 거르죠. 그리고는 아주 자연스럽게 잊어버립니다. 그래서 이제는 메모를 열심히 해두려 노력합니다.

메모는 주로 핸드폰 메모장을 이용합니다. 너무 간단하게 하지는 않으려 합니다. 떠오른 소재를 최대한 구구절절 쓰는 것이 좋습니다. 메모가 너무 간단하면 나중에 다시 봐도 대체 무슨 생각을 메모한 것인지 기억나지 않습니다. 이를테면 이런 것들입니다.

오우 비빔 노우
얘는 푸들이잖아요.
거미 아니

77 78 79 80

어디선가 겪은 부장님

그리고 어떤 사람은 이렇게 말할 것이다.

지금 다시 봐도 대체 무슨 생각을 메모한 거였는지 모르겠습니다. 제 메모장에는 이런 메모가 한가득입니다. 그러나 과감히 삭제하지도 못하고 있죠. 언젠가는 이런 메모를 한 이유가 기적적으로 떠오를지도 모르니까요.

수학적 사고

고백하자면 학창 시절에 저는 수학을 더럽게 못했습니다. 고3 때 모의 수능시험에서 수학을 2점 받은 적도 있는데, 살면서 저보다 낮은 점수를 받아봤다는 사람을 만난 적이 없네요. 그러나 어른이 되어서는 가끔 수학적인 사고를 합니다.

이를테면 물건을 살 때 그것의 가격을 월수입과 연관 지어 생각하는 식입니다. 10만 원짜리 물건을 살까 말까 망설일 때 '10만 원은 내 월수입의 몇 분의 1인가' 생각하면 결정을 내리기가 조금 쉬워집니다. 20분의 1인 상황이라면 손이 덜 떨리지만, 10분의 1인 상황일 때는 많이 떨려서 포기하는 식이죠. 5분의

1이라면? 빨리 다른 생각을 합니다. 수달이나 펭귄 같은 귀여운 동물을 떠올리면 머릿속의 화제 전환이 비교적 빨리 됩니다.

창작할 때도 비슷한 생각을 하곤 합니다. 이 경우는 돈을 쓸 때보다 훨씬 긍정적으로 생각합니다. 이 책을 쓰면서도 마감일이 많이 남지 않았는데 써 놓은 원고량은 개미 눈물만큼이라 눈물이 나더군요. 대체 얼마나 쓴 건지 확인해보았습니다. 딸랑 원고지 30매이더군요. 하지만 '이런 식으로 열 번만 더 쓰면 300매가 되는군!' 생각하면 힘이 납니다. 제 경우 많은 일을 이런 식으로 생각하며 하고 있습니다. 일단 조금이라도 해두는 것이 중요합니다. 그러면 그다음엔 그런 식으로 몇 번을 거듭하면 되는 것입니다.

써놓고 보니 수학적 사고라고 하기에는 지나치게 거창하군요. '산수적 사고'라고 정정하겠습니다.

휴일

9:00 a.m.
휴일!!! 미루던 옷장 정리를 하고 전시회에 가야겠다.
그런 다음 근처 서점에서 관심 분야 책을 찾아보고
이동해서 쇼핑도 해야지.
맛있는 것도 먹고 오자.

11:00 a.m.
누워 있으니 좋구나~
휴일 진짜 너무 좋다.

1:00 p.m.
밥 먹었으니까 좀 쉬다 나가야지.
휴일은 이런 게 좋아.

3:00 p.m.
슬슬 나가긴 해야 하는데···

5:00 p.m.
전시회는 글렀군.
서점에 들렀다가 쇼핑하러 가야겠네.

8:00 p.m.
서점 몇 시까지 하지??

10:00 p.m.
지금 어디 가긴 너무 늦었지…?

11:00 p.m.
결국 종일 아무 데도 안 가고
아무 것도 안 했네…

그런데…

휴일 진짜 너무 좋다.

2부

할 수 있는 것을
할 수 있는 만큼 합니다

내 마음에 드는 나

어느 날, 일 때문에 만난 편집자가 이렇게 말했습니다.

"요즘 연재하시는 만화를 보고 있는데요. 작가님 그림이 많이 달라졌더라고요. 예전보다 많이 매끈해졌다고 해야 하나? 참신한 맛이 사라져서 조금 아쉬워요."

그리고 며칠 후, 오랜만에 만난 다른 편집자는 이렇게 말했습니다.

"그림이 변함없이 똑같아요. 더 잘 그리려고 노력을 안 하는 것 같아요."

단 며칠 만에 저의 그림이 그렇게까지 달라졌을

리는 없으니, 같은 그림이라도 보는 사람에 따라 다르게 평가하게 된다는 이야기겠죠. 그 일을 겪은 후에 저는 제 그림에 대해 마음을 많이 내려놓게 되었습니다. 그릴 수 있는 만큼 그리면 되는 거죠. 어차피 보는 사람에 따라 다 다르게 받아들일 테니까요. 제 친구 서지은의 말을 빌리면, 이런 상황인 것입니다.

"어떻게 하든 흠은 잡힐 텐데 뭘 맨날 고민하고 있어?"

맞는 말입니다. 제가 아무리 노력해도 어차피 모든 이들의 마음에 들지는 못하겠죠.

이런 맥락에서 '내가 이번에 뭔가 보여주고 말겠다!'는 생각이 들 때 특히 조심합니다. 누군가 제 작업을 하찮게 보는 듯할 때 들곤 하는 생각인데요. 제가 아무리 애써서 뭔가 보여주고 증명한들 상대방은 '글쿤ㅎㅎ' 하고 지나가서 다시 자기 삶을 살 것입니다. 그 짧은 순간 때문에 애먼 힘을 쏟고 싶지는 않습니다.

내가 틀리지 않았다는 것을 증명하려 애쓰는 마음이 굳이 안 해도 되는 일을 하게 만들고, 하면 좋을 일을 안 하게도 만드는 것 같습니다. 무엇보다, 결국은 남의 마음 말고 내 마음에 드는 내가 되고 싶습니다.

너무 잘 나온 셀카 사진

어느 날 저는 엄청난 셀카를 한 장 얻었습니다. 술기운에 찍은 사진이었는데, 조명과 보정 어플의 기막힌 합작이었죠. 저는 그 사진을 인스타그램에 올렸습니다.

사진을 올리자 댓글이 많이 달렸습니다. 예쁘다는 칭찬이 많았죠. 처음에는 기분이 좋았지만 하루 이틀 지나면서 오히려 착잡해지기 시작했습니다. 환상적인 조명도, 보정 어플도 없는 상태에서 거울에 비친 저의 진짜 얼굴을 볼 때마다 기분이 나빠졌던 것입니다. 제가 그렇게 생기면 안 될 것 같은 기분이 들었죠. 셀카 속의 저처럼 매끈하고 환한 피부, 윤기 흐르는 머릿결, 갸름해진 얼굴선, 또렷하고 빛나는 눈동자가 있어야 할 것 같은 기분 말입니다. 거울을 볼 때마다 저도 모르게 셀카 속의 저와 실제의 저를 비교하며 기분 나빠하고 있다는 사실을 깨닫고는 인스타그램에 올린 사진을 삭제해버렸습니다.

저는 종종 '마음을 너무 멀리 두지 않는 것도 재능'이라 생각하곤 합니다. 실제 내 모습과 너무 동떨어진 모습을 설정해두고 그게 진짜 나여야 한다고 믿는 것은 불행해지는 지름길입니다. 셀카 사진만이 아니라 직업 역시 마찬가지인 듯합니다. 더 나은 미래를 꿈꾸며 노력하는 것과, 내가 바라는 모습이 아니라고 괴로워하는 것은 다릅니다. 그러나 그 둘이 정확히 구별되기는 어렵습니다. 아슬아슬한 줄타기 같죠.

오래전에 저는 저의 그림체가 못마땅했습니다. 제가 그리고 싶은 그림은 사진처럼 실감 나는 그림이었죠. 그러나 저에겐 그런 재능이 없었습니다. 윤곽선이 또렷하고 단순한 만화풍을 그릴 수 있을 뿐이었죠. 그래서 다른 풍의 그림을 그려보기 위해 여러 시도를 했고, 한동안은 아예 그림을 그리지 않기도 했습니다. 그려봐야 제가 원하는 바로 그 그림은 아니었으니까요.

그러나 시간이 흐르면서 알게 되었습니다. 세상에는 여러 스타일의 그림을 그리는 사람들이 있고, 그 중에서 저는 간결한 그림을 그리는 사람이었던 거죠.

언젠가 십수 년 전에 그린 그림들을 꺼내 볼 일이 생겼습니다. 그때 그린 그림들을 보니 웃음이 나오더군요. 결국은 지금의 그림체와 크게 다를 것이 없었으니까요. 제가 바라는 그림을 그릴 수 없다고 손을 놔버린 대신, 그 그림체를 계속 발전시켰다면 지금 더 나은 그림을 그릴 수 있게 되지 않았을까 후회도 되더군요.

네, 지금은 저의 그림체를 저도 좋아합니다. 저의 그림체로, 제가 하고 싶은 이야기를 해나가려 합니다.

네 몫은 이만큼이야

　때로 강연을 할 기회가 생깁니다. 제 책을 읽어주신 독자 분들을 직접 만날 수 있는 좋은 기회입니다. 강연을 들으러 온다는 것 자체가 시간과 비용을 들여야 하는 일이기에, 오시는 분들에게 도움이 될 만한 이야기를 해드리려고 애쓰지만, 매번 아쉬움이 남습니다. 컨디션이 좋지 않거나 개인 사정으로 복잡한 심경일 때 진행한 강연은 일일이 기억이 납니다. 그날 오신 분들에게 두고두고 죄송하니까요.

　아무튼 강연 소식을 SNS에 올리면 이런 멘션을 받기도 합니다.

　'본인이 강연하러 다닐 만한 사람이라고 생각

하나요?'

　　당황스럽지만, 저는 그런 물음에 대답할 이유가 없습니다. 그분이 그런 질문을 하는 이유는 명확합니다. 저에게 강연할 자격이 없다고 본인이 생각하기 때문이고, 사실상 질문이 아니라 의견이죠.

　　사실 이런 일은 종종 있습니다. 제 책을 사서 읽었는데 형편없어서 돈이 아까웠다거나, 자기가 쓴 일기가 훨씬 낫겠다거나, 다른 사람들이 우쭈쭈한다고 기 살지 말라는 멘션을 받은 적도 있답니다.

　　저에게 직접 보내는 멘션이 아니라 다른 플랫폼의 댓글에서도 이런 이야기를 발견할 때가 있습니다. 마음이 아무렇지 않다면 거짓말이겠죠. 속상할 때도 있고, 화가 날 때도 있습니다.

　　모든 사람에게는 싫어하는 대상이 있죠. 그러나 모두가 그에게 가서 직접 '나는 당신이 싫다'거나 '당신 작품은 형편없다'고 말하지는 않습니다. 그러나 인터넷에서는 그런 일이 쉽게 일어납니다. 대면해서 말하기보다 쉬우니까요.

　　그러기에 저의 책이나 작업을 비난하는 글을 발

견하면 '내가 몰라도 될 남의 속마음을 알게 되었구나' 생각합니다. 저에게 직접 대놓고 말을 안 해서 그렇지, 제 작업물이 형편없다고 생각하는 사람들은 많을 테니까요.

저의 필명인 '도대체'도 그런 의미에서 만족스럽습니다. 이 필명은 1999년, 어느 인터넷 동호회에 가입하면서 별 고민 없이 우발적으로 지었는데요. 솔직히 20년이 지난 지금까지도 이 이름으로 활동하게 될 줄은 몰랐기에 대충 지었습니다. 처음에는 '도대체'로 검색했을 때 제 작업이 별로 나오지 않고 '도대체 세상이 어찌 되려는가!' 같은 격앙된 게시물이 주로 나와 아쉬웠는데, 시간이 흐를수록 그것도 괜찮다는 생각이 듭니다. 사람들이 저에 대해 어떻게 생각하는지 자세히 알아봐야 좋을 것 없다는 걸 알게 되었기 때문입니다.

그렇게 의연한 척 하는 것마저 잘 되지 않을 때는 무턱대고 '뭐래……'하면서 한 타임 쉬고 넘어가면 마음이 좀 나아지더라고요.

뭐래

응원이 필요해

물론 인터넷으로 좋지 않은 말만 접하는 것은 아닙니다. 제 작업에 대해 좋은 이야기를 전해주는 분들을 많이 만날 수 있죠. 고백하자면 저는 좋은 평을 해준 댓글을 캡처하거나, 게시물의 URL을 즐겨찾기 해두었다가 다시 보기도 합니다. 특히 인삼밭에 사는 고구마 이야기를 그린 〈행복한 고구마〉를 재밌게 본 분들의 게시물을 여러 개 저장해두었죠. 자신감이 많이 떨어졌을 때 그런 글에 달린 댓글들을 읽으면 눈물이 날 만큼 고맙고 힘이 납니다.

가까이 있는 이들의 응원도 힘이 됩니다. 가까운 사이일수록 더 많이 응원할 거라 여기기 쉽지만,

오히려 어려울 때가 많더라고요. 가까운 사이일수록 서로에 대해 잘 알고 있고, 그것은 상대방의 장점뿐만 아니라 단점까지 안다는 의미이기에 그런 게 아닌가 생각하곤 합니다. 이를테면 조금 친한 사이에서 "힘내! 잘할 수 있을 거야!"라고 말하기 쉽지만, 서로의 생활을 속속들이 지켜보는 가족끼리는 오히려 "그렇게 매일 누워 있으면서 뭘 하겠다고……" 하며 혀를 차기 쉽다는 소리입니다. 아무래도 서로에 대해 많이 알수록 눈꼴 시릴 일도 많은 법이죠. 그래서 가까이 있는 이를 응원하는 데에는 더 큰 품이 들어가는 게 아닐까 짐작하고 있습니다.

그런 것을 감안하면, 가족이나 절친의 응원은 정말이지 큰 힘이 됩니다. 제가 어떤 사람인지, 제 단점이 무엇인지 이미 잘 아는 이들의 응원이니까요. 여러모로 부족한 존재이지만 잘할 수 있을 거라 말해주다니 고마운 일이죠.

무작정 잘할 수 있을 거란 응원은 별 도움이 되지 않을 것 같지만, 그렇지 않습니다. 듣는 순간 머리로는 '그렇게 쉽게 될 일이 아닌데'라고 생각하지만,

마음은 힘을 내고 있으니까요. 사람이 언제나 논리적으로 모든 조건이 완벽한 상황에서만 힘을 낼 수 있는 것은 아니더라고요. 조금은 무작정 서로를 응원하고, 또 적당히 대충 힘을 냅시다.

수업을 좋아합니다

저는 수업을 좋아합니다. 이런저런 특강이며 문화센터를 기웃거리며 들을 만한 강의가 있는지 알아보곤 하죠. 막상 강의가 시작되면 곧장 딴생각으로 직행하곤 하지만 그럼에도 수업 듣는 것을 좋아합니다.

언젠가는 불화 교실에 다녔습니다. 일주일에 한번씩 수업을 들으러 가서 그림을 그리고 왔죠. 그림을 그릴 때 사용하는 분채 물감은 색칠할 수 있는 상태로 만드는 것부터 까다롭습니다. 단단한 덩어리 상태의 분채를 곱게 빻아 물에 섞은 후 고운 상태가 될 때까지 손으로 개어줘야 합니다. 이것만도 오랜 시간이 걸리죠. 이렇게 만든 물감으로 색칠하기 시작한대도 한 번 칠한 부분이 완전히 마를 때까지 기다렸다가 발색을 확인하고 덧칠해야 합니다. 아주 천천히 진행되는 과정이고, 그림 한 장을 완성하는 데 몇 달씩 걸리기도 하죠. 저의 평소 업무와 전통 회화는 직접적인 관련이 없습니다. 그러나 저 말고도 수강생 대부분이 본인의 커리어와 상관없는 이 수업을 들으러 오더라고요. 그리고는 몇 시간씩 그림을 그리고 가는 거였죠. 생업과 관계없는 행위에 집중하며 머릿속을 비우는 시간은 소중합니다.

수업을 좋아하는 또 다른 이유는, 생활에 최소한의 패턴을 만들어주기 때문입니다. 주 단위의 수업을 하나 들으면, 적어도 주 단위로 세월이 가는 것을 파악할 수 있죠. 프리랜서로 살다 보면 '오늘이 월요일이구나', '오늘이 벌써 목요일이네' 같은 생각을 하지 못할 때도 있습니다. 정기적인 수업은 그런 감각을 잃지 않게 해주죠.

옷을 잘 차려입고 밖으로 나가 사람들 틈에 섞이다 오는 시간을 갖는 것도 수업의 장점이고요. 저는 평소에 부지런히 산책하는 사람이지만, 그래 봐야 동네를 빙글빙글 돌다 오는 정도입니다. 많이 잡아야 집 반경 1.5킬로미터를 벗어나지 않더라고요. 그러다 보니 거울을 보고 단장하는 일도 거의 없는데, 수업이 있는 날은 모처럼 그나마 단정한 옷으로 갈아입고 교통편을 이용해 도심으로 나가 사람들과 접촉하게 됩니다. 혼자 있는 것을 가장 좋아하지만, 세상에 저 말고도 많은 사람들이 있다는 사실을 상기하는 순간도 나쁘지 않습니다.

위험한 혼잣말

혼자 일하는 이들이 다 저 같지는 않겠지만, 저는 오랫동안 혼자 일하면서 혼잣말이 많이 늘었습니다. 사업을 할 때도 1인 사업이었기 때문에 작업 환경은 지금과 비슷했는데, 그러다 아르바이트를 했을 때 큰 위기가 한 번 있었습니다. '헉, 앗, 아이고' 같은 감탄사는 물론 '이제 화장실을……' '물이나 마셔볼까?'처럼 생각으로 끝내야 할 문장도 굳이 소리 내서 말하는 사람이 되어 있던 것이죠. 그래서 어느 날 퇴근하다가, 복도에서 부딪힐 뻔하고도 사과 없이 가버린 직원의 등 뒤에다 이렇게 말하고 말았습니다.

"재수 없어."

뱉자마자 아차 싶었지만 이미 늦었습니다. 작게 중얼거렸고, 서로 반대 방향으로 가고 있었으니 듣지 못했을 가능성이 크긴 했죠. 그러나 만에 하나 어쩌면 들었을 수도 있겠다는 생각이 들었습니다.

그날 퇴근길에는 정신이 하나도 없었습니다. 귀가해서도 계속 걱정이 됐죠. 만약 그가 들었다면? 정직원에게 욕하는 아르바이트생이라고 소문난다면? 그렇게 저는 입방정으로 이곳을 그만두게 되는 건 아닌가란 불안감이 몰려왔습니다.

가만있기만 할 수는 없어서 직접 실험해보기로 했습니다. 핸드폰의 녹음 앱을 열어 아까처럼 중얼거렸죠. 그리고 재생 버튼을 누르고는 저만큼 떨어져서 들어보았습니다.

"재수 없어."

망했다고 생각했습니다. 네 음절이 또렷하게 들

린 것입니다. 하지만 아까는 더 멀리 떨어져 있지 않았을까? 아무래도 그랬던 것 같은데? 다시 재생 버튼을 누르고 더 멀찍이 달려가 귀를 기울였습니다.

"재수 없어."

여전히 잘 들렸습니다. 하지만 어쩌면 아까는 더 작게 중얼거리지 않았을까? 분명히 그랬을 거야. 이번에는 좀 더 작은 목소리로 녹음하고 간절히 기도하며 달려가 들어보았습니다.

"재수 없어."

……

그날 저는 핸드폰에 각각 다른 크기로 '재수 없어'를 녹음하고 거리를 달리하며 듣기를 몇 번이고 반복했습니다. 그 짓을 하고 있는 제가 너무 한심하고 구차하게 느껴져 눈물이 다 나더군요. 그러다 결

국 '지금 이 모습, 남들이 보기에는 무지 웃기겠지' 생
각하며 방바닥에 드러누워 울면서 웃었습니다.

콩 키우기

유난히 식물을 잘 기르지 못하는 사람들이 있습니다. 어지간해서는 죽지 않는다는 선인장마저 죽이는 사람들이 있죠. 저도 그중 하나였습니다. 그런데 그런 제가 성공적으로 돌본 식물이 있으니 바로 '콩'이었습니다. 몇 년 전 여름에 강낭콩 몇 알을 화분에 심어 물을 주기 시작했는데, 며칠 지나니 싹이 올라오더군요.

콩 싹은 아침과 저녁이 확연히 다르게 쑥쑥 자랍니다. 키가 너무 크면 쉽게 쓰러지지 않게 지지대를 세워 묶어주지요. 그것 아시나요? 콩은 낮에는 잎을 활짝 벌려 햇빛을 받아들이고, 해가 지면 잎을 착 접고 쉰답니다. 그 모습이 그렇게 기특할 수 없습니다. 때로는 쉬고 있는 콩을 보면서 '콩도 밤에는 쉬는데 나는……'이란 자괴감이 들기도 하지만요.

　　그러던 어느 날 예쁜 꽃을 피우고, 드디어 손톱보다 작은 콩깍지를 맺고, 그 콩깍지도 하루가 다르게 쑥쑥 커서 마침내 수확하는 날이 왔습니다. 수확한 콩은 얼마 되지 않았지만, 저에게는《잭과 콩나무》에 나오는 마법의 콩만큼 근사해 보였습니다. 하던 일이 부진해 한창 의기소침하던 저에게 콩 수확은 기쁨과 자신감을 함께 선물해주었습니다. 그리고 겨울이 되어 화분을 비우면서 숙연한 마음이 되었죠. 화분 가득 뿌리가 엉켜 있던 것입니다. 한 철 살기 위해, 그렇게 열심히 뿌리를 내렸더군요. 그 모습을 보며 생각했습니다. 콩만큼은 열심히 살자고요.

천사의 토마토

어느 날, 작업실 앞에서 콩 화분의 분갈이를 하고 있는데 이웃 아주머니가 찾아오셨습니다. 식물을 굉장히 많이 키우는 분이었죠. 제가 콩을 애지중지 키우는 것을 보시고는 기특하셨나 봅니다. 선물로 화분을 두 개나 주고 가셨죠. 그중 하나는 '천사의 나팔'이라고 하셨습니다. '천사의 나팔'이란 이름을 처음 들은 저는 몹시 흥분했습니다. 너무나 멋진 이름 아닌가요? 천사의 나팔꽃을 인터넷으로 검색해보니 과연 천사가 부는 나팔처럼 훌륭한 자태를 뽐내고 있었습니다. 그렇게 천사의 나팔을 애지중지 키우기 시작했습니다.

한 달쯤 지났을까요? 천사의 나팔이 드디어 꽃을 피웠습니다. 노란빛의 가녀린, 아주 작은 꽃이었죠. 그런데 인터넷에서 찾아본 꽃과는 많이 다르게 생겼더군요. 하지만 어쩐지 그럴 수도 있을 거란 생각이 들었습니다. 천사의 나팔에도 여러 종류가 있나 보다 했죠. 그런데 저희 어머니에게 꽃 사진을 보여드리자 어머니가 말씀하셨습니다.

"이건 토마토인데?"

푸하. 찾아보니 그건 토마토꽃이 맞았습니다! 아무래도 이웃 아주머니가 착각하신 모양이었죠. 천사의 나팔이라고 굳게 믿고 돌본 식물은 토마토였습니다. 토마토 입장에서는 매일 아침저녁 자기를 들여다보며 물을 주는 저를 보면서 마음이 편치 않았을 것입니다. 자기의 정체가 언제 들킬지 모른다는 생각에 부들부들 떨고 있었을지도요.

그러나 천사의 나팔이 아니라고 내칠 생각은 없었습니다. 어머니는 '토마토가 제대로 열리긴 계절

상 늦은 것 같다. 꽃만 피고 열매가 열리지 않을 수 있다'고 하셨지만, 열매를 맺든 아니든 천수를 누리고 가게 해주겠다는 마음이었습니다. 그리고는 그에게 '천사의 토마토'라는 이름을 붙여주었습니다.

　　토마토는 성원에 힘입어 작디작은 열매를 하나 맺었습니다. 지금까지 본 토마토 중에서 가장 예쁜 빨간빛을 띤 토마토였습니다. 과연 '천사의 토마토' 다웠습니다.

내 방귀가 아니었는데

　방귀. 방귀 얘기를 하는 것은 어쩐지 어른스럽지 못한 행동으로 여겨지곤 하지만, 저는 방귀에 대해 할 이야기가 아주 많습니다. 고3 때 시작된 과민성대장증후군 때문이지요. 사실 제가 과민성대장증후군인지 아닌지 정확히는 모르지만, 인터넷에 찾아본 그 증후군의 증세가 저와 비슷하기 때문에 그런가보다 여기며 살고 있지요.

　첫 시작은 고3 때 등교 시간이 한 시간 앞당겨지면서부터였습니다. 아침잠이 많은 저에게는 무척 버거운 일이었고, 등교 시간을 맞추려면 그전까지 꼬박꼬박 먹던 아침밥을 먹을 수 없었습니다. 그래서 빵

등으로 끼니를 대충 때우게 되었죠. 그러나 생활 방식이 갑자기 달라져서인지 어느 날부터 방귀가 나오기 시작했습니다. 경험자들은 알겠지만, 화장실에 가서 힘을 준다고 변이 나오는 것도 아니었죠. 그냥 방귀가 하루종일 나오기 시작했습니다. 그리고 그 때문에 고3 시절 내내 무척 괴로웠지요.

만약에 지금의 저였다면, 차라리 담임 선생님과 반 친구들에게 공개적으로 말하고 협조를 구했을지도 모릅니다. '내가 요즘 장이 예민해져 하루 종일 방귀가 나오니, 내 자리는 교실 맨 뒤로 옮기겠다. 그게 서로를 위해 좋은 선택이 될 것이다.'라고 말했을지도 모릅니다. 아이들이 놀려도 크게 개의치 않았을지도요. 어쩌면 놀리는 아이를 방귀로 공격하겠다며 협박(?)했을지도 모릅니다.

그러나 고3 시절의 저는 그렇게 대담하지 못했습니다. 도무지 제어되지 않고 계속 나오는 방귀 때문에 혼자 끙끙 앓았죠. 수업 시간에 방귀가 나오는 순간을 견디느니 그냥 잠을 자는 것이 낫겠다 싶어 잠을 청하는 일도 많았습니다. 선생님과 아이들은 제가 등교해서 하루 종일 잠만 자는 학생이라고만 생각했겠지만, 사실은 방귀 때문에 현실을 외면했던 것이죠.

그토록 저를 괴롭혔던 그 증세는, 허탈하게도 고등학교를 졸업하자 급격히 나았습니다. 그러나 한번 예민해진 장이 느긋한 장이 될 수는 없는지, 여전히 일반적인 사람들보다는 예민한 편입니다. 그간 저를 관찰한 결과, 오랜 시간 움직이지 않고 한자리에 앉아 있을 때 가스가 더 많이 차더군요. 그리고 스트레스를 많이 받을 때 장이 더 불편하기도 합니다.

언젠가 전산 아르바이트를 할 때였습니다. 밤 9시부터 다음 날 새벽 6시까지, 중간 휴식 시간 30분을 빼곤 쭉 앉아서 해야 하는 일이었는데, 앉아 있는 시간이 길어서인지 스트레스를 많이 받아서인지 둘 다여서였는지 배에 가스가 차서 부글부글한 날이 많았거든요. 그래도 약간 눈치 보이는 것을 감수하고 화장실에 들락거리며 해결하고 있었는데, 어느 날은 예감이 심상치 않았습니다. 배의 꾸르륵거림으로 보았을 때, 화장실에 가는 정도로는 도저히 무마할 수 없을 듯했습니다. 밤새 시도 때도 없이 방귀를 뀔 것이 분명했습니다.

'큰일이다…….'

이 난관을 어떻게 헤쳐나가야 하나 고민하던 저는 극단적인 선택을 하고 말았습니다. 일을 시작하기 전에 다른 분들에게 미리 양해를 구하기로 결심한 것입니다.

"저, 드릴 말씀이 있는데요……."

진지하게 이야기를 꺼내기 시작하자 다들 무슨 일인지 의아해하는 눈치였습니다.

"제가, 장이 좋지 않거든요."

사람들의 얼굴에 '그래서 어쩌라고?'라는 표정이 스치는 듯했지만 말을 이었습니다.

"그래서 배에 가스가 많이 차곤 하는데, 오늘 특히 심할 것 같아서요. 최대한 참으려고 노력하겠지만 방귀가 많이 나올 것 같아요. 냄새가 날 텐데 죄송해요. 당황하실까 봐 미리 말씀드리는 거예요."

사람들의 얼굴에 '이미 당황했다! 그런 말을 해놓고 당황하지 않길 바라다니!'라는 표정이 스치는 듯했지만 그분들도 다들 어른이어서 점잖게 대응해주셨습니다. 장이 불편해서 어쩌냐는 걱정과 함께, 장 건강에 좋다는 식품까지 추천해주셨죠. 그렇게 짧은 '양해 타임'을 구하고 그날의 업무가 시작되었습니다.

동료들에게 최대한 피해를 끼치지 않기 위해 최선을 다했으나 역시나 푸쉬쉬 방귀를 뿜으며 일하던 밤이었습니다. 그런데 전혀 예상치 못한 일이 일어났습니다. 제 방귀가 아닌 방귀 냄새가 풍겨오기 시작한 것입니다. 그날 함께 일한 이들 중 누군가도 속이 불편했던 거죠.

섬세한 사람이라면 즉각 두 냄새가 다르다는 사실을 눈치챌 수 있었겠지만, 솔직히 그런 것을 구별하며 냄새를 맡는 사람은 많지 않을 것 같습니다. 그리고 그날 밤 그 누군가는 '이건 제 방귀다'라고 자백하지 않고 조용히 계속 방귀를 뀌었죠. 저 역시 '이건 제 것이 아니다'라고 굳이 나서지는 않았습니다. 인간에 대한 약간의 배신감이 든 밤이었지만, 시간이 흐르니 이제 웃으면서 이야기하게 되네요.

갑자기 방귀 이야기를 꺼낸 건, 프리랜서로 사는 게 화장실 문제에서는 비교적 자유롭다는 이야기를 하기 위해서입니다. 집이나 작업실이라면 일하다가 수시로 화장실에 가든, 방귀를 뀌든 아무 상관이 없으니까요. 그런 면에서는 마음이 매우 편합니다.

할 수 있는 것을,
할 수 있는 만큼

리오올림픽 때였을 것입니다. 사격 경기 중계 방송을 틀어놓고 이것저것 하는 중이었죠. 우리나라 국가대표인 진종오 선수의 경기가 한창이었는데, 경기가 진행되면서 진종오 선수는 4위에서 3위로, 2위로 차근차근 올라서고 있었습니다. 그러더니 결국 금메달을 따더군요. 해설자의 말이 아직도 기억에 남습니다.

"저렇게 페이스를 유지하면서 상대방을 질리게 하는 게 진종오 선수의 특기예요."

그 말이 인상적이었던 것은 '상대방이 질린다'는 표현 때문이었습니다. 인간은 너무 재밌게도, 남이 잘하는 모습을 보는 것만으로도 흔들릴 수 있는 존재라는 사실을 일깨웠기 때문입니다. 수많은 훈련으로 단련되어 보통 사람들보다 훨씬 강한 정신력을 가졌을 것 같은 국가대표 선수들도 그것은 마찬가지인 모양이었죠.

생각해보니 사업을 하면서도 그랬습니다. 아무리 긍정적인 자세를 가지려 해도 주위와 자꾸 비교하게 되었던 것입니다. 같은 창업센터 동기라 해도 저마다 출발선이 달랐거나, 함께 가진 것 없이 시작했는데도 어느새 저만큼 앞서가는 동기들을 지켜봐야 했던 것이죠. '어떻게 저렇게 다품종 소량 생산을 할 수 있을까?' 의아했던 업체가 있었는데, 알고 보니 사장의 부모님이 공장을 운영하고 있었다거나, 같이 파리 날리는 행사장을 지키며 서로를 위로하던 업체가 큰 유통업체와 계약하고 승승장구하는 모습을 보게 되는 식이었죠. 아무리 덤덤한 척하려 해도 말이 쉽지 잘 될 리 없었습니다. 제 형편이 그럭저럭 먹고 살만 했다면 그나마 나았을 텐데 저는 점점 망해가고 있었죠, 그러니 남들이 잘되는 모습을 태연하게 보고 있기만 할 수는 없었습니다. 그렇게 점점 무기력한 상태가 계속되었죠.

도무지 답이 없어 보였지만, '에라 모르겠다. 나는 그냥 내가 할 수 있는 것을 할 수 있는 만큼 하자'고 생각하면서 무기력 상태에서 차차 벗어날 수 있었습니다.

주위를 의식하지 않고 내 일만 하는 건 쉽지 않습니다. 대단한 작업을 만들어내듯 신나서 밤을 새우며 일해놓고, 다음 날 다른 사람들의 작업을 보는 순간 제 작업 수준이 너무 떨어지는 것 같고 그렇습니다. 하지만 냉정히 생각하면, 세상에는 나보다 잘하고 앞서가는 사람들이 태반입니다. 누군가 나보다 잘한다고 해서 의기소침해져야 한다면, 영원히 의기소침할 수밖에 없겠죠. 그러니 역시 '잘해서 좋겠다' 잠시 부러워하고 나는 나대로 가던 길을 계속 가는 수밖에 없습니다.

물론 이렇게 마음먹어도 다른 이의 약진을 보는 것이 괴로운 때는 옵니다. 예전엔 힘든 일이 생기면 힘든 일에 대해 생각했습니다. 그런데 SNS를 하면서

부터는 다른 사람들의 즐거움을 보면서 내 힘든 일에 대해 생각해야 합니다.

다른 사람들이 '지금' 뭘 하고 있는지 이렇게 한꺼번에 알게 되며 살았던 적이 없죠. 연락을 따로 주지 않으면 누가 뭘 하며 사는지도 몰랐으니까요. 그래서 지인들을 가끔 만나면 수다를 떨며 근황을 전하고 한탄도 했다가, 부러워도 했다가, 그러고는 돌아와서 다시 내 삶을 살았습니다. 그러나 지금은 때로 유리벽 아파트에 사는 기분이 들죠.

그런 의미에서 가끔은 제가 대인이 아니라는 사실을 인정하기로 합니다. 더 나은 사람이 되기 위해 노력은 하겠지만, 결심을 했다고 갑자기 바뀌기에 저는 그렇게 훌륭한 사람이 아니니까요. 그래서 제가 하고 싶지만 하지 못 하는 일을 너무 잘해내고 있는 사람의 SNS를 잠시 뮤트해놓습니다.

흐린 날

최승자 시인의 〈흐린 날〉이란 시가 있습니다. 저는 그 시를 무척 좋아합니다. 이런 구절이 있죠.

만월이 초승달을 낳니,
초승달이 만월을 낳니

차고 기우는 것, 그게
차다가 기우는 건 아닌데

일이 잘 풀리지 않고 한없이 바닥으로 추락하는 것 같을 때 이 시를 떠올리면서 위로를 받습니다. 어떤 인생이든 차다가 기우는 게 아니라, 차고 기우는 것이죠. '지금은 내가 기우는 때인가 보다. 이러다 언젠가 다시 차오르는 날이 있겠지' 생각하면 마음이 좀 평온해집니다.

이성선 전집

저에겐 매우 암울했던 시기가 있었습니다. 1인 사업을 하다가 접었을 때였죠. 30대 후반에 빈털터리가 된 채 주위를 둘러보니 딱히 답이 보이지 않더군요. 이런저런 아르바이트를 전전하다가 우연히 이성선이란 시인의 시집을 한 권 읽게 되었습니다. 삶에 지친 저에게는 샘물 같은 시들이었죠. 찾아보니 이미 돌아가신 분이더군요.

그분의 모든 시를 담은 전집이 나와 있다는 사실도 알게 되었습니다. 그러나 전집 두 권을 합쳐 10만 원 가까이 하는 가격이었기에 선뜻 구입할 수가 없었습니다. 당장 이달의 수입이 얼마일지 예상할 수 없는 불안정한 상태에서 쓰기에는 큰돈이었기 때문입니다. 이런 비유는 멋쩍지만 루벤스의 그림을 보고 싶어 하는 네로가 된 심정이었습니다.

그러다가 운 좋게 사무직 아르바이트 자리를 얻어 출근하기 시작했고, 적지만 여윳돈이란 게 생기기 시작할 무렵 드디어 전집을 구입했습니다. 그때의 기분을 표현하기가 어렵네요. 전집 표지를 오래오래 쓰다듬었습니다. 지금도 제가 가장 아끼는 책으로 책장에 고이 모셔두고 있습니다. 이제 다시 형편이 어려워진대도 그 책만큼은 팔지 않을 예정입니다.

그분의 시를 보면 '세상에 흔적을 남긴다는 것은 어떤 의미일까?'라는 생각을 하게 됩니다. 한참 후에 태어났고 실제로 만난 적도 없는 이가, 먼저 간 이가 남긴 시를 소중히 여기며 그를 생각하는 것엔 어떤 의미가 있을까요?

인생이란 게 참 덧없고, 세상을 뜨는 순간 아무 소용 없어지는 허무한 과정이란 생각이 들다가도, 이렇게 사람의 마음을 움직이는 무언가를 남기고 간 이들을 보면 덧없기만 한 건 아니란 생각이 듭니다.

아, 그리고 제가 가장 좋아하는 이성선 시인의
시는 이것입니다.

〈초승달2〉
내 죽어서도
너를 바라보기 위해
저승 쪽으로는 고개 돌리지 않고
이 세상 향해 서리라.

구슬이 서 말이어도
주제별로 꿰어야 보배

저의 장점 중 하나는 쉽게 기뻐한다는 것입니다. 뿌듯함도 쉽게 느끼는 편이죠. 남들이 보기에 썩 대단치 않은 일을 두고도 기뻐할 수 있는 것은 분명히 장점입니다. 그러나 세상에 좋기만 한 것은 없습니다. 일할 때는 이런 성격이 오히려 방해가 되기도 하거든요. 어쩌다 평소보다 많이 일했을 때, '벌써 이만큼이나 일하다니!' 스스로 탄복하며 의기양양해져서 손을 놓기 일쑤입니다. 모처럼 5시간 동안 집중해서 일하고, 그 후로 8시간 동안 '정말 굉장했어!' 뿌듯해하고 뒹굴거리는 식이죠. 작은 성취에 만족하더라도 거기에 그치지 않고 계속해서 더 나아가야 하는데 그렇게 되는 경우가 드뭅니다.

　제가 이런 성향의 사람이기에, 하나의 주제에 대해 오랫동안 천착해서 꾸준히 결과물을 내놓는 분들을 무척 경외하고 있습니다. 뭐 하나 만들어놓고 '오케이, 이 정도면 됐어' 하며 금세 다른 곳에 눈을 돌리는 저 같은 사람은 평생 이루기 힘든 성취일 테니까요. 그런 것을 생각하면 얕고 얕은 저의 작업이 아쉬워지지만, 타고난 성격이 진득하지 못하니 쉽게 따라 하기는 어렵습니다. 살기 편한 대로 살면 지금까지 살아온 대로 살아가겠죠. 끝까지 편하게만 사는 것도 좋겠지만, 그래도 뭔가 제대로 된 성과를 이루고 싶은 마음을 무시하기 어렵습니다. 그래서 요즘은 의식적으로 앞으로 길게 보고 작업할 주제들을 생각해보고 있습니다. 저는 이 작업을 '구슬이 서 말이어도 주제별로 꿰어야 보배'라고 이름 붙였죠. 아름다운 구슬 하나씩 선보이는 것도 나쁘진 않겠지만, 언젠가는 저도 하나의 주제로 잘 꿰어진 꾸러미를 선보이고 싶습니다.

구슬이 서 말이어도
체력이 있어야 꿱니다

구슬 이야기를 했으니 한마디 더 하자면, 제가 이름 붙인 현상이 하나 더 있습니다. 그것은 '구슬이 서 말이어도 체력이 있어야 꿰다'입니다. 제가 오래 집중하지 못하는 것은 타고난 성향 때문이기도 하지만, 나이를 먹을수록 체력 탓도 있음을 절감하고 있습니다. 이십대 때도 저는 늘 마감에 치이며 살았습니다. 인터넷 신문이나 웹진, 뉴스레터 작업을 주로 했으니까요. 그때는 밤을 새우는 게 아무렇지 않았습니다. 마감이 임박해서 밤을 새워도 쪽잠만 자면 다음 날 업무가 가능했고요. 평생 그렇게 살 수 있을 줄 알았는데 아니더라고요. 대략 서른 무렵부터는 이미 절대로 일을 몰아서 할 수 없는 체력이 되었습니다. 밤을 새운다거나, 쪽잠의 연속이라거나. 그러나 그 사실을 계속 부인하며 몰아서 하려다가 망친 일이 셀 수도 없죠.

　지금은 하루 집중해서 일하면 다음 날은 쉬어야 체력이 돌아옵니다. 그러나 일정상 그렇게 하기가 쉽지 않습니다. 그러니 다 돌아오지 않은 체력으로 다음 일을 하고, 또 다 돌아오지 않은 체력으로 다음 일을 하고, 또 다 돌아오지 않은 체력으로 다음 일을 하니 영영 체력이 다 돌아오지 않습니다. 어느 날 문득 '혹시 이것이 노화인가? 그냥 앞으로는 늘 이런 상태로 살아야 하는 게 아닐까? 100퍼센트의 체력이란 건 이제 내 인생에서 다시는 가질 수 없는 상태가 아닐까?'라는 생각이 들긴 했지만 아직은 인정하고 싶지 않군요.

난또

커피를 두 잔이나
마셨는데도
정신이 바짝 들지
않는다…

아…

지금 이 상태가
내 두뇌의
최대치인 거구나!

하하 난 또 주어진 일을
잽싸게 후다닥 해치울 만큼
머리가 맑아지는 순간이
따로 있는 줄 알았지
그것도 모르고 하하하하하

하하…

일단 마감부터 끝내고

우리가 하는 많은 고민이, 언제까지 살 수 있는지 알 수 없어서 생기는 것인지도 모르겠습니다. 지금 하는 선택이 내년에도, 후년에도, 십 년 후에도 좋을지 알 수가 없으니까요.

내일이 없어도 좋을 것 같아서 지금 있는 힘을 다 소진하고 싶던 날도 있었는데, 막상 그 상태로 내일이 오고 다음 날이 오고 다음 해가 오자 기진맥진하고 만 경험을 하고 나니, 이젠 몸도 마음도 많이 사리게 됩니다. 하지만 또 머릿속 한쪽에서는 '내일이 반드시 온다는 보장이 어딨어?'라는 생각이 고개를 들죠.

그리고 이런 고민을 한참 하고 있으면 또 다른 내가 속삭이는 소리가 들리는 것이죠.

'일단 오늘이 마감인 이 일부터 끝내놓고 이런 고민을 하는 게 신상에 좋을 것이다…….'

인생이 그렇게 쉬울 리 없어

얘기하기 부끄러운 일이지만, 저는 호들갑이 심한 사람이었습니다. 저처럼 심한 사람을 별로 보지 못했죠. 그런 저였기에, 사업할 때는 일하는 틈틈이 강연 연습을 하곤 했습니다. 가방의 실밥을 정리하고 비닐 포장을 하면서 혼자 중얼거렸죠.

"안녕하세요. 도대체입니다. 제가 이곳 창업센터에 처음 들어왔을 때가 떠오르네요. 오늘 저는 제가 어떻게 사업을 시작하게 됐고, 어떻게 발전시켰는지 이야기해드리려고 합니다⋯⋯."

사업으로 성공한 후에 창업센터 후배들에게 강연할 것을 미리 연습해둔 것이었는데, 물론 그런 강연을 할 기회는 생기지 않았습니다.

　　아트마켓이나 박람회 등 여러 행사에 참가했을 때, 운 좋게도 행사장을 찾은 몇몇 유명인들이 저의 가방을 든 모습을 사진 찍을 기회가 있었습니다. 처음엔 그 사진을 SNS에 올리며 몹시 흥분했죠.

　　'대박이다!'

　　그러나 그런 일이 몇 번 되풀이되면서, 유명인이 들고 있다는 이유만으로 제품이 잘 팔리는 건 아니라는 사실을 알게 되었습니다. 또다시 어떤 방송인이 제 가방을 들고 활짝 웃는 사진을 찍은 날, 제 지인이 이런 댓글을 달더군요.

　　"이제 주문 전화가 쏟아질 일만 남은 건가요!"

　　저는 이렇게 답장했습니다.

　　"인생이 그렇게 쉽게 풀릴 리가 없죠."

　　그리고 역시 매출에는 별 변동이 없었습니다.

　　사업을 하는 동안 이런 순간은 계속 찾아왔습니다. 출원해놓고 오랫동안 학수고대하던 특허가 마침내 등록되었을 때도, 소량이지만 처음으로 외국에 수출하게 되었을 때도, 유명 관광지에서 기념품 가게

입점을 제안했을 때도, 해외에서 열리는 박람회에 참가하게 되었을 때도, 그 순간에는 '이제 이 고생도 끝인가 보다'란 생각이 들었죠. 그러나 어떤 일이 일어난다 해서 그 일로 인해 인생이 단번에 바뀌지는 않았습니다. 매번 기대하고 매번 실망하는 과정을 거듭하면서 저의 가치관이 변하기 시작했죠.

언젠가는 이런 일도 있었습니다. 토요일 아침에 방송되는 공중파 TV 생활 정보 프로그램에서 출연 제안이 온 것입니다. 이전에 몇몇 프로그램에서 출연 제안이 왔었습니다. 그러나 저의 제품을 소개하는 조건으로 수백만 원의 협찬비를 요구했죠. 그러나 이 프로그램은 협찬비도 없이 오히려 저에게 소정의 출연료를 주겠다는 겁니다. 방송에 출연해 저의 제품을 소개할 기회가 생긴 것이죠.

촬영도 순조롭게 끝났고, 방송도 잘 나왔습니다. 그러나 예전 같았다면 '이제 TV를 본 사람들에게서 주문 전화가 밀려들 일만 남았나!' 하고 기대에 찼을 텐데, 차마 그런 기대를 하긴 두렵더군요. 아무 기대도 하지 않으려고 애쓰고 있는데, 전화가 걸려왔습니다. 방송이 나간 지 15분 정도 지난 후였죠.

"여보세요. 거기 가방 만드시는 업체죠?"

"네, 맞습니다."

심장이 빠르게 뛰었습니다. 아, 이런 게 공중파 방송의 위력인가! 설마, 이제부터 주문 전화가 밀려드는 건가! 흥분을 감추려 애쓰고 있는데 상대편이 말했습니다.

"저희는 출력 전문 업체인데요. 사장님 방송에 나오신 장면을 대형 출력해서 액자로 만들어 드립니다. 식당 가면 벽에 걸려 있는 액자들 아시죠? 그런 건데요……."

세상에.

작가로 일하면서도 이런 일은 계속 일어나고 있습니다. 저의 책《일단 오늘은 나한테 잘합시다》가 제법 많이 팔렸기에 후속으로 낸《어차피 연애는 남의 일》에 저도 출판사도 기대를 많이 걸었지만, 그 책의 판매량은 예상보다 훨씬 저조했죠. 역시 인생은 그렇게 술술 쉽게 풀리기만 하지 않는다는 사실을 다시 한번 절감했습니다.

그러나 기대하는 마음이 줄었다 해서, 쉽게 들뜨던 예전보다 더 불행해진 것은 아닙니다. 인생은 쉽게 풀려주지 않지만, 그럼에도 언젠가 저에게 좋은 일이 일어나지 말란 법은 없다는 희망은 품고 있기 때문이죠. 할 수 있는 것을 할 수 있는 만큼 하고 있다 보면 얻어걸리는 순간이 올 거라고 철석같이 믿고 있습니다. 살아보니 복은 사람을 안 가리고 랜덤으로 오더라고요.

그리고 기대 후에 실망이 오더라도 '좀 땡겨서 먼저 즐거웠다'고 생각하면 됩니다. 오르락내리락 인생, 출렁출렁 기분, 나중에 평균 내면 다 '또이또이' 할 거라고 믿습니다.

내가 나를 해치지는 말아야죠

　살면서 꼭 지키려고 노력하는 것이 있다면, 하나는 무단횡단을 하지 않는 것입니다. 집 근처에서 무단횡단 하던 사람이 사망한 후로 더욱 굳게 결심했습니다. 만약 제가 어느 날 무단횡단을 하다가 죽는다면, 누군가에게 쫓겨 달아나거나 사고사로 위장된 것일 가능성이 높으니 수사해주세요.

　두 번째는 아무리 인생이 내 마음대로 되지 않아도 내가 나를 해하는 행동은 하지 말자는 것입니다. 저 역시 자학에서 자유로울 수 없는 사람이지만, 적어도 너무 심한 자학이나 자해를 하지는 않겠다고 다짐하고 있죠. 이를테면 무슨 일로 돈을 날렸을 때 이렇게 생각하려고 애씁니다.

'돈 날린 건 나쁜 일이지만, 돈만 잃으면 됐지. 스트레스받아서 건강까지 잃을 필요 있나.'

저는 십대 후반과 이십대 무렵 몹시 극단적인 성격이었기 때문에, 쉽게 자학했고 그 강도도 컸답니다. 일이든 연애든 인생이 뜻대로 흘러가지 않으면 지나치게 괴로워했죠. 그 후로 살면서 깨달은 것이 있다면, 아무리 지금 이 순간 죽고 싶어도 언젠가는 잘 살고 싶어지는 날이 온다는 것입니다. 절망에 빠진 순간에는 그런 날이 절대로 오지 않을 것 같지만, 그런 날은 어느 순간 찾아옵니다. 그런 마음이 들 때, 몸과 마음이 너무 지쳐 있다면 후회가 큽니다. 잘 살고 싶다는 생각이 들 때 기쁜 마음으로 신나게 달릴 수 있게, 몸이고 마음이고 너무 망가지지 않도록 하한선을 정해놓아야 합니다. 이것은 이 책을 읽는 독자들에게 꼭 하고 싶은 말이자, 저 자신에게 다시 한번 건네는 다짐입니다.

무지개를 만드는 남자

　　언젠가 〈세상에 이런 일이〉라는 TV 프로그램에서 미공개 영상들을 모아 보여주었습니다. 시청자 제보를 받고 취재하러 갔지만 방영하기에 적합하지 않아 공개되지 않은 사연들이었죠.

　　그중 한 사연이 유난히 마음에 남았습니다. 사연의 주인공은 자신이 무지개를 만들 수 있다고 믿는 남자였지요. 자기가 분수대에만 들어가면 무지개가 뜬다는 것이었습니다. 분수의 흩날리는 물방울과 햇빛의 당연한 조화인 줄 모르고 방송에 제보한 것이지요. 그리고 자신이 본 무지개의 정체를 알게 된 후 의기소침해하며 영상이 끝났습니다.

그가 정말 그렇게 믿고 있던 거라면, 그동안 얼마나 황홀한 날들을 보냈을까요? 용기를 내서 방송사에 제보하기 전까진 남몰래 간직해온 비밀이었는지도 모릅니다. '나는 무지개를 만드는 사람이다'라는 믿음이 깨어진 순간을 목격하니 너무나 안타까웠습니다.

자신이 무지개를 만드는 사람인 줄 알고 살았던 그는, 아니라는 사실을 알게 된 후로는 조금 덜 행복하지 않았을까요? 영상을 본 후, 누군가 무지개를 만들 수 있다고 믿고 산다면 조용히 모르는 척해주고 싶다고 생각하면서 저의 두 손을 잠시 들여다보았습니다. 남들은 다 아는데 저만 모르는 어떤 무지개를 저도 쥐고 있을지도 모르겠다는 생각이 들었습니다.

사실 〈세상에 이런 일이〉에는 그런 종류의 사연이 제법 나오는 것 같습니다. 언젠가 본 다른 에피소드에서는 집 안 가득 빼곡하게 재활용 쓰레기를 모아놓고 사는 노인이 나왔거든요. 척 보기에도 쓸모없어 보이는 온갖 폐품을 끌어안고 사는 노인에게 제작

진이 그 이유를 묻자 노인은 이렇게 대답했습니다.

"아직 제값을 받기 어렵기 때문이다. 값이 더 올라가면 팔겠다."

아, 그 장면을 보면서 숨이 턱 막히는 기분이 들었습니다. 저는 무엇을 그렇게 착각하며 끌어안고 있을까 싶었기 때문입니다.

저도 앞으로 하고 싶은 이야기들이 있습니다. 스스로 썩 괜찮은 이야기들이라고 생각하고 있죠. 어떤 내용인지 여기저기 미리 얘기하고 다니면 김이 샐까 봐 조용히 간직하고 있습니다. 아직은 머릿속으로 상상하는 정도이지만, 잘만 그려내면 멋진 이야기가 될 것 같아요. 그러나 그 이야기들도 사실은 저 무지개나 재활용 쓰레기 같은 존재인 것은 아닌가란 두려움이 밀려들었습니다. 별 대단치 않은 것을 소중히 붙들고 있는 것이 아닌가 싶은 것이죠.

이런 생각은 떠올리는 것만으로도 사람을 의기소침하게 만듭니다. 그래서 너무 오랫동안 깊이 생각하지 않으려고 합니다. 가끔 이런 불안감이 엄

습한다는 것이지요. 그럼에도 일단 하던 것을 계속
하고 가던 길을 계속 간다는 이야기를 하고 싶었습
니다.

수달에겐 비밀입니다

올해가 아직 몇 달 남았지만, 내년에는 뭘 하고 살아야 하나 고민이 많습니다. 지금 연재 중인 코너들을 언제까지 계속할 수 있을지 알 수 없으니까요. 제가 걱정하는 것처럼 연재처에서 먼저 잘릴 수도 있지만, 한계를 느껴 제가 먼저 그만두게 될지도 모릅니다. 몇 권의 책이 계약되어 있지만 그게 얼마나 팔릴지도 알 수 없습니다. 이다음엔 무슨 무슨 일을 해야 한다고 조언해주는 이들도 있는데, 왜인지 그 일보다는 다른 일을 하고 싶습니다. 당장 돈이 되지 않아도 하고 싶은 일들 말이죠. 그런 일들을 생각하고 있다 보면 꼭 '인생 언제 끝날지 모른다'는 생각이 들고, 그렇다면 정말 만사 제쳐두고 하고 싶은 일부터 해야할 것 같고 그렇습니다. 그러나 마음속으로는 누구보다 잘 알고 있죠. 그 일만 해서는 먹고 살 수 없다는 것을요.

　　가끔은 '어째서 사람으로 태어나 뭐라도 하고 싶은가?'라는 한탄을 하게 됩니다. 다음 생이 없으면 좋겠지만, 있다면 수달로 태어날 일입니다. 수달도 물고기를 잡는 것보다 하고 싶은 다른 일이 많을 수 있겠지만, 사람보다는 범위가 좁을 테니까요. 이 글을 수달이 본다면 '네가 수달의 삶에 대해 뭘 안다고……' 하며 버럭 화를 낼 수도 있겠군요. 주위에 아는 수달이 있어도 보여주지 마시길 부탁드려요.

돈이 뭘까

돈이란
뭘까?

뭐긴...
살기 위해서
필요한 게 돈이지.

그래서 돈을
버는 거야.

그런데 돈을 버느라
수명이 줄고 있는 것 같네...

? ? ?

허풍선이 남작의 모험

저의 친지 중에 출판사 영업사원인 분이 계셨던 덕에, 저는 어릴 때 이런저런 전집을 많이 읽을 수 있었습니다. 가장 좋아했던 것은《허풍선이 남작의 모험》입니다. 일단 제목부터 마음에 들었죠. 주인공이 허풍선이라고 못 박고 시작하니까요. 분명히 허풍이란 사실을 알고 보는데도 어찌나 재미있던지요. 저는 그 사실이 무척 마음에 들었습니다. 지금도 마찬가지죠.

지금까지 쓰고 그린 작업물의 대부분이 저의 현실을 바탕으로 한 글과 만화였지만, 궁극적으로 제가 만들고 싶은 것은《허풍선이 남작의 모험》같은 이야기입니다. '거, 하나도 말이 안 된다는 건 알지만 일단 들어는 보자. 재미는 있으니까'라며 볼 수 있는 이야기 말이죠. 사실 전혀 시도하지 않은 것은 아닙니다. 십수 년 전부터 써온 책 한 권 분량의 짧은 이야기 묶음이 있죠. 그러나 출판사 여러 곳과 공모전에서 퇴짜를 맞아 아직 선보이지 못하고 있습니다. 기성 출판사를 통해 출판하는 것은 거의 포기한 상태이기 때문에, 언젠가 여유가 된다면 독립출판을 하는 것도 염두에 두고 있습니다.

그렇게까지 책으로 내야 할 이유가 있나, 라고 묻는다면 네, 제가 만든 이야기들을 한자리에 모아 인쇄물로 남겨두고 싶습니다. 그리고 그 이야기들을 기꺼이 좋아해줄 독자들을 단 몇 분이라도 만나고 싶습니다. 그분들이 그 책을 보면서 '허튼소리이긴 한데, 재밌긴 하네!' 하면서 클클 웃어주면 좋겠습니다.

성공의 좌표

어느 날, 오랜만에 대학 동아리 친구들을 만난 자리에서 한 친구가 저에게 이렇게 말했습니다.

"벌이가 어떻든 하고 싶은 일을 하면서 살고 있으니 성공한 거 아니야?"

맞는 말입니다. 그런 한편 마음 편히 동의하기도 어렵더군요. 제가 지금 하는 일들의 계약이 끝나면 다른 대책이 없으니까요. 그땐 또 이런저런 아르바이트를 하며 생계를 이을 것입니다. 그럼 그때의 저는 성공하지 못한 사람이 되는 것일까요?

가끔 생각합니다. 인생을 올라가거나 내려가는 것, 성공하거나 실패하는 거라 생각하면 불행해지기 쉽다는 것을요. 오늘은 여기에 있고, 내일은 저기에 있을 뿐이죠. 우리가 존재하는 곳은 평면 좌표 위가 아닐 것입니다. 높낮이가 없는 무한한 공간에서, 저마다 그 순간 할 수 있는 일을 하는 것일 뿐입니다.

행복한 순간이라는 징검다리

〈행복한 고구마〉를 그렸기 때문인지, 행사 등에서 '행복하신가요?'라는 질문을 종종 받습니다.

행복에 대한 저의 기본적인 생각은 '사람이 어떻게 항상 행복하냐'입니다. 그러기에 행복하지 않을 때 불행하다고 느끼지는 않는 편이죠.

삶을 돌아보면 그렇더라고요. 대체로 그냥 그런 생활이 이어지다가 틈틈이 행복한 순간이 생기는 것 같습니다.

작년에 어느 웹진에서 원고 청탁을 받고 글을 한 편 썼습니다. 좀 더 즐겁게 살아갈 수 있는 '일상의 기술'을 알려달라고 하더군요. 제가 제안한 것들은 무척 소소한 것들이었습니다. 이 책에서도 말했듯 식물을 기르고, 좋아하는 것에 몰두하고, 새로운 것을 배우는 것 등이었지요. 몇 가지를 '일상의 기술'이라 적고 보니 공통점이 있었습니다. 그것은 '생업과 직접적인 관계가 없는', '좋아하는 것을 접하는 시간을 갖는다'는 것이었죠.

일, 좋습니다. 사람에게는 일이 필요하죠. 창작, 멋집니다. 뭐 하나 세상에 남겨두고 가는 것은 대단하죠. 그러나 일하는 사람과 창작자이기 이전에 우리는 작은 개인이니까요. 개인으로서 좀 더 즐겁게 살다 가야 하지 않겠어요.

일이 아닌 무엇을 좋아하는지 찾아보고, 그것을 먹고, 보고, 배우고, 돌보는 시간을 갖는 것이 중요합니다. 그것들이 지루하고 피곤한 일상 중간중간 반짝이는 순간이 되어줄 것입니다. 우리는 그런 순간을 징검다리처럼 밟으며 조금 더 살아갈 힘을 얻는 것이죠.

뭐라고? 마감하느라 안 들렸어

1판 1쇄 인쇄 2019년 10월 5일
1판 1쇄 발행 2019년 10월 10일

지은이 · 도대체
펴낸이 · 주연선

총괄이사 · 이진희
책임편집 · 이우정
본문 디자인 · 이다은
책임마케팅 · 장병수
마케팅 · 김진겸 김다은 이한솔 강원모
관리 · 김두만 유효정 박초희

(주)은행나무
04035 서울특별시 마포구 양화로11길 54
전화 · 02)3143-0651~3 | 팩스 · 02)3143-0654
신고번호 · 제 1997—000168호.(1997. 12. 12)
www.ehbook.co.kr
ehbook@ehbook.co.kr

잘못된 책은 바꿔드립니다.

ISBN 979-11-89982-49-2 (03800)